少年《しょうねん》たちは花火《はなび》を横《よこ》から見《み》たかった

岩井俊二《いわいしゅんじ》・著
永地《えいち》・挿絵

角川つばさ文庫

目《もく》次《じ》

少《しょう》年《ねん》たちは 花《はな》火《び》を横《よこ》から見《み》たかった

人《じん》物《ぶつ》紹《しょう》介《かい》

典《のり》道《みち》

小学《しょうがく》6年生《ねんせい》。同《おな》じクラスのなずなのことが気《き》になっている。

なずな

小学《しょうがく》6年生《ねんせい》。4月《がつ》に転校《てんこう》してきて、典道《のりみち》と同《おな》じクラスに。

祐《ゆう》介《すけ》

小学《しょうがく》6年生《ねんせい》。医者《いしゃ》の息子《むすこ》として同級生《どうきゅうせい》に一目《いちもく》置《お》かれている。

純《じゅん》一《いち》

小学《しょうがく》6年生《ねんせい》。一本気《いっぽんぎ》な性格《せいかく》の持《も》ち主《ぬし》。最近《さいきん》、急《きゅう》に背《せ》が伸《の》びた。

和《かず》弘《ひろ》

小学《しょうがく》6年生《ねんせい》。5年生《ねんせい》の時《とき》に転校《てんこう》してきた帰国子女《きこくしじょ》。

稔《みのる》

小学《しょうがく》6年生《ねんせい》。いばって、ちょっぴり生意気《なまいき》。

第《だい》一章《しょう》　プラネタリウム

「この天《あま》の川《がわ》がほんとうに川《かわ》だと考《かんが》えるなら、その一つひとつの小《ち》さな星《ほし》は、みんなその川《かわ》のそこの砂《すな》や砂利《じゃり》の粒《つぶ》にもあたるわけです。また、これをおおきな乳《ちち》の流《なが》れと考《かんが》えるなら、もっと天《あま》の川《がわ》とよく似《に》ています。つまりその星《ほし》はみな、乳《ちち》のなかにまるで細《こま》かにうかんでいる脂油《しゆ》の球《たま》にもあたるのです」

プラネタリウムのリクライニングの座席《ざせき》に座《すわ》り、ゆったりとしたアナウンスを聞《き》きながら、星《ほし》の映像《えいぞう》を見《み》ていると、襲《おそ》いくる眠気《ねむけ》に、ぼくはじっと座《すわ》ってることさえままならなかった。

「そんなら何《なに》がその川《かわ》の水《みず》にあたるかといいますと、それは真空《しんくう》という光《ひかり》をある速《はや》さで伝《つた》えるもので、太陽《たいよう》や地球《ちきゅう》もやっぱりそのなかにうかんでいるのです」

小学《しょうがく》六年生《ねんせい》の六月《がつ》、課外授業《かがいじゅぎょう》でプラネタリウムを学年一同《がくねんいちどう》で見学《けんがく》したことがあった。梅《つ》雨時《ゆどき》でひどい雨《あめ》が降《ふ》っていた。マイクロバスの駐車場《ちゅうしゃじょう》から結構《けっこう》な登《のぼ》り坂《ざか》を土砂降《どしゃぶ》りの雨《あめ》にさらされながら館内《かんない》に入《はい》ったが、途中《とちゅう》で水《みず》たまりにはまり、靴底《くつぞこ》に水《みず》が入《はい》った。それでうろたえるほど都会育《とかいそだ》ちでもなく、むしろそんなこと気《き》にもせず、リクライニングの座席《ざせき》に座《すわ》ったのだが、ぬれた靴《くつ》や服《ふく》が生暖《なまあたた》かくなってくると、これがまた、眠気《ねむけ》を誘《さそ》う。そんなわけで、始《はじ》まって十分《ぷん》もすると、起《お》きていたくても、まぶたがふさがってどうしようもない。

「つまりは、私《わたし》どもも天《あま》の川《がわ》の水《みず》のなかにすんでいるわけです。そして、その天《あま》の川《がわ》の水《みず》のなかから四方《しほう》を見《み》ると、ちょうど水《みず》が深《ふか》いほど青《あお》く見《み》えるように、天《あま》の川《がわ》の底《そこ》の深《ふか》く遠《とお》いところほど星《ほし》がたくさん集《あつま》って見《み》え、したがって白《しろ》くぼんやり見《み》えるのです」

不意《ふい》に背後《はいご》から、耳《みみ》のすぐそばで声《こえ》がした。

「……『銀河鉄道《ぎんがてつどう》の夜《よる》』」

かすかにつぶやくような声《こえ》だった。

思《おも》いがけず至近距離《しきんきょり》だった。すぐ後《うし》ろの声《こえ》の主《ぬし》はおそらく背《せ》もたれに寄《よ》りかからず、前《まえ》のめりに座《すわ》っているようだった。しばらくするとまた、耳《みみ》のすぐそばで、今度《こんど》はかすかなせきばらいが聞《き》こえた。

ふとつまらないことが気《き》になった。前《まえ》のめりに座《すわ》りながらプラネタリウムなんて、ちゃんと見《み》えるんだろうか。

どうでもいい話《はなし》だが、どうしても確《たし》かめたくなり、試《ため》しに我《わ》が身《み》をさりげなくゆっくりと前《まえ》に倒《たお》してみると、天空《てんくう》の半分《はんぶん》は見《み》えないし、首《くび》は痛《いた》い、目玉《めだま》は白目《しろめ》をむきそうだ。こんなかっこうじゃプラネタリウムを存分《ぞんぶん》に楽《たの》しめないし、気持《きも》ちよく眠《ねむ》ることもできない。後《うし》ろのやつは、いったいどんなかっこうで見《み》てるんだろう。

ぼくはまた、我《わ》が身《み》をさりげなくゆっくりとリクライニングの座席《ざせき》に戻《もど》しながら、ちらっと後《うし》ろをのぞき見《み》た。

その姿《すがた》は暗《くら》がりの中《なか》、想像通《そうぞうどお》りの前傾姿勢《ぜんけいしせい》、頭《あたま》はうなだれて下《した》を向《む》き、ちょうど正面《しょうめん》に見《み》えるつむじは銀河系《ぎんがけい》のようだった。こちらの動《うご》きに気《き》づいたのか、そいつが不意《ふい》に顔《かお》を上《あ》げ、ぼくとそいつは妙《みょう》に近《ちか》い距離《きょり》で顔《かお》と顔《かお》が鉢合《はちあ》わせになった。

それは同《おな》じクラスの及川《おいかわ》なずなだった。眠気《ねむけ》は吹《ふ》きとんだ。

「宮沢賢治《みやざわけんじ》の『銀河鉄道《ぎんがてつどう》の夜《よる》』の冒頭《ぼうとう》で、天《あま》の川《がわ》はこのように紹介《しょうかい》されています。天《あま》の川《がわ》、または銀河《ぎんが》とも呼《よ》ばれるこの星《ほし》の集《しゅう》合体《ごうたい》は、直径《ちょっけい》十万光年《まんこうねん》、全質量《ぜんしつりょう》は……」

背後《はいご》に及川《おいかわ》なずながいると思《おも》うと、睡魔《すいま》も退散《たいさん》してしまい、ただもう緊張《きんちょう》のあまり背中《せなか》に嫌《いや》な汗《あせ》をかく。解説《かいせつ》のアナウンスもまったく耳《みみ》に入《はい》らない。なずなというだけで、なにゆえこれほど緊張《きんちょう》するのか、それさえよくわからなかった。夕暮《ゆうぐ》れの帰《かえ》り道《みち》、不意《ふい》に道《みち》ばたに現《あらわ》れたアオダイショウに怖《おじ》気立《けだ》つような、そいつがいなくなるまで、そこを通《とお》ることができない、それでいて、その見事《みごと》な姿《すがた》に、草《くさ》の茂《しげ》みに消《き》えてゆく尻《しっ》

尾《ぽ》の先《さき》まで見惚《みと》れてしまうような、そんな恐怖《きょうふ》なのか、畏怖《いふ》なのか、憧《あこが》れなのか、そんな言葉《ことば》にするのも難《むずか》しいような奇妙《きみょう》な感情《かんじょう》をぼくはなずなに対《たい》して抱《いだ》いていた。

なずなは四月《がつ》に転校《てんこう》してきたのだが、どこからやってきたのか、もうおぼえていない。席《せき》も離《はな》れていたので、話《はな》す機会《きかい》もほとんどなかった。本人自身《ほんにんじしん》、きわめて無口《むくち》で、あまり周囲《しゅうい》と交《まじ》わろうとしていないように見《み》えた。あまりにも孤立《こりつ》しているので、担任《たんにん》の三浦先生《みうらせんせい》がいじめを疑《うたが》うくらいだった。いじめるも何《なに》も、だれも彼女《かのじょ》のことを知《し》らなかった。クラスの女子《じょし》と比《くら》べても群《ぐん》を抜《ぬ》いて大人《おとな》びていた。本当《ほんとう》は中学生《ちゅうがくせい》なんじゃないか、病気《びょうき》か何《なに》かで落第《らくだい》し、それが恥《は》ずかしくて転校《てんこう》してきたんじゃないかと、そんなあらぬ噂《うわさ》までささやかれていた。

上映《じょうえい》が終《お》わり、館内《かんない》が明《あか》るくなった。そこかしこから、うなり声《ごえ》が聞《き》こえ、寝《ね》そべっていた児童《じどう》たちが冷凍睡眠《れいとうすいみん》から目覚《めざ》めた宇宙飛行士《うちゅうひこうし》のように次々《つぎつぎ》起《お》きあがり、うーんと手《て》を突《つ》きあげ、背筋《せすじ》を伸《の》ばす。そんな児童《じどう》たちに紛《まぎ》れながら、ぼくはさりげなくあたりを見《み》まわすふりをして、なずなの席《せき》を見《み》た。残念《ざんねん》ながら、なずなはもうそこにはいなかった。

エントランスに出《で》ると、児童《じどう》たちがにぎやかに、売店《ばいてん》をのぞいたり、展示物《てんじぶつ》を見《み》たりしていた。天井《てんじょう》まである窓《まど》ガラスには降《ふ》りやまない雨《あめ》が激《はげ》しく跳《は》ねていた。なずなはみんなからひとり離《はな》れ、窓《まど》にもたれかかるようにして、外《そと》の雨《あめ》を眺《なが》めていた。銀河《ぎんが》のつむじをわずかに垣間見《かいまみ》せ、灰色《はいいろ》の空《そら》を見上《みあ》げていた。ぼくはそんななずなが気《き》になって仕方《しかた》がなかったが、そんなところを人《ひと》に見《み》られたら大変《たいへん》なので、ひとり展示物《てんじぶつ》を見《けん》学《がく》するふりを装《よそお》いながら、ちら、ちら、となずなを盗《ぬす》み見《み》たりしたものだった。

翌日《よくじつ》、ぼくは図書館《としょかん》に行《い》き、『銀河鉄道《ぎんがてつどう》の夜《よる》』という本《ほん》を探《さが》してみた。人気《にんき》があるのか、同《おな》じタイトルの本《ほん》が何冊《なんさつ》も書棚《しょだな》に並《なら》んでいた。一冊《さつ》手《て》に取《と》って開《ひら》いてみた。昨日《きのう》のプラネタリウムのアナウンスで読《よ》みあげられていた一節《いっせつ》を最初《さいしょ》のページに見《み》つけた。

「この天《あま》の川《がわ》がほんとうに川《かわ》だと考《かんが》えるなら、その一つ一つの小《ちい》さな星《ほし》はみんなその川《かわ》のそこの砂《すな》や砂利《じゃり》の粒《つぶ》にもあたるわけです」

なずなはこの一節《いっせつ》を聞《き》いただけで、この本《ほん》のタイトルを言《い》い当《あ》てたのだ。

ぼくは一番大《いちばんおお》きくて立派《りっぱ》そうな『銀河鉄道《ぎんがてつどう》の夜《よる》』を借《か》りて、家《いえ》に持《も》ちかえった。ベッドの上《うえ》で本《ほん》を広《ひろ》げ、その匂《にお》いを嗅《か》いだ。新品《しんぴん》の本《ほん》は、少《すこ》し甘酸《あまず》っぱい不思議《ふしぎ》な匂《にお》いがした。どんな物語《ものがたり》だろう。想像《そうぞう》するだけで興奮《こうふん》し、胸躍《むねおど》り、しかし、読書《どくしょ》が苦手《にがて》なぼくは、結局《けっきょく》ただ匂《にお》いを嗅《か》いだだけで、一週間後《しゅうかんご》の返却日《へんきゃくび》に返《かえ》すはめになったのであった。

第《だい》二章《しょう》　二《に》段《だん》ベッド

プラネタリウムからひと月後《つきご》、七月《がつ》の初《はじ》めのある土曜日《どようび》のことだった。午前中《ごぜんちゅう》で授業《じゅぎょう》が終《お》わり、いつになく道草《みちくさ》もくわずにまっすぐ学校《がっこう》から家《いえ》に帰《かえ》ると、居間《いま》で母《はは》が見知《みし》らぬ客《きゃく》の相手《あいて》をしていた。客人《きゃくじん》は母《はは》と同《おな》じ年《とし》かっこうのおばさんと、その子《こ》どもらしき女《おんな》の子《こ》だった。最初《さいしょ》は背中《せなか》を向《む》けて座《すわ》っていたのでわからなかったが、振《ふ》りかえったその顔《かお》に息《いき》をのんだ。

それはなずなだった。

そういえば……。

彼女《かのじょ》はその日《ひ》、学校《がっこう》を欠席《けっせき》していたことを思《おも》いだした。学校《がっこう》を休《やす》んで、いつからここにいたんだろう。それより、どうしてここにいるんだろう。

やがて母親《ははおや》らしき人《ひと》は去《さ》り、なずなだけがひとり家《いえ》に残《のこ》った。母《はは》があらためて、それぞれを紹介《しょうかい》した。

「はい、こちらは及川《おいかわ》なずなちゃん。こっちが典道《のりみち》。二人《ふたり》とも知《し》ってるんだよね？ おんなじクラスでしょ。典道《のりみち》、なずなちゃん今晩《こんばん》、ウチに泊《と》まるからよろしくね。仲《なか》よくするんだよ」

え、マジかよ！

ぼくは動転《どうてん》した。いったい何《なに》がどうなっているのか。理由《りゆう》も背景《はいけい》もまるで見《み》えなかった。

なずなは縁側《えんがわ》に腰《こし》かけて、庭《にわ》のあじさいを眺《なが》めていた。やけに無表情《むひょうじょう》な後《うし》ろ姿《すがた》だっ

た。ぼくは住《す》みなれた我《わ》が家《や》に居心地《いごこち》の悪《わる》さを感《かん》じながら、その気《き》まずさにお茶《ちゃ》うけのカリントウを次々《つぎつぎ》食《た》べずにいられなかった。母《はは》が財布《さいふ》とポストに投函《とうかん》する郵便物《ゆうびんぶつ》を片手《かたて》に現《あらわ》れた。買《か》い物《もの》に行《い》くのだ。

「典道《のりみち》、一緒《いっしょ》に部屋《へや》で遊《あそ》んでなさい。かあさん買《か》い物《もの》に行《い》ってくるから。なずなちゃん、今晩何《こんばんなに》が食《た》べたい？」

「……あ」

なずなは返事《へんじ》をためらっていた。

「嫌《きら》いなモノある？」

「……お魚《さかな》があんまり」

母《はは》はあ然《ぜん》とした。

「お魚《さかな》食《た》べられないの？　じゃ、この町《まち》住《す》みづらいわね」

ここは漁業《ぎょぎょう》の町《まち》である。我《わ》が家《や》が釣《つ》り具屋《ぐや》を営《いとな》めるのも、漁師《りょうし》のお得意《とくい》さんがいればこそであった。こういう町《まち》に住《す》む人《ひと》にとって、魚《さかな》は買《か》うものではない。近所《きんじょ》の漁師《りょうし》の家《いえ》からおすそ分《わ》けで食《た》べきれない量《りょう》の魚介類《ぎょかいるい》が届《とど》く。これが苦手《にがて》となると、確《たし》かにここでは暮《く》らしづらいかもしれない。

「カレーは？」

「だいじょうぶです」

カレーライスは母《はは》の得意《とくい》な料理《りょうり》の筆頭《ひっとう》だったが、ありあまる魚介類《ぎょかいるい》を片付《かたづ》けるためにシーフードカレーしか作《つく》らない。けど、魚《さかな》が苦手《にがて》となると今夜《こんや》の具材《ぐざい》はきっと肉《にく》だろう。その点《てん》だけはなずなに感謝《かんしゃ》したものだ。

母《はは》が買《か》い物《もの》に出《で》かけると、家《いえ》の中《なか》はますます我《わ》が家《や》のようでいて、全然《ぜんぜん》我《わ》が家《や》でないような、気《き》まずい沈黙《ちんもく》に包《つつ》まれた。二つのガラスの器《うつわ》がテーブルの上《うえ》にあり、片方《かたほう》の器《うつわ》は空《から》だったが、もうひとつの器《うつわ》の中《なか》には手《て》つかずの白桃《はくとう》が自《みずか》らの果汁《かじゅう》に半分《はんぶん》浸《つ》かっていて、ちょうど食《た》べ頃《ごろ》のように見《み》えた。ぼくはこれが大好物《だいこうぶつ》だった。

食《た》べちゃおうかな。いや、やめておこう。

男同士《おとこどうし》だったら、いや女子《じょし》であっても、目《め》の前《まえ》にうまそうなものがあったら、パクリと食《た》べてしまうぐらいマナーのなっていないガキがあの頃《ころ》のぼくだった。しかし、なずなの前《まえ》ではどうしてもぎこちなくなる。自然《しぜん》ではいられない。さらに彼女《かのじょ》の背中《せなか》から発《はっ》せられる、どうにも近寄《ちかよ》りがたい負《ふ》のオーラが茶《ちゃ》の間《ま》にまで充満《じゅうまん》し、気《き》がつくと、ぼくは台所《だいどころ》の冷蔵庫《れいぞうこ》付近《ふきん》まで後退《こうたい》させられていた。

そういえば冷蔵庫《れいぞうこ》に桃《もも》の残《のこ》りがあるかもしれない。

そう思《おも》って開《あ》けてみると、案《あん》の定《じょう》、ラッピングされたガラスの器《うつわ》の中《なか》に、ふた切《き》れの白《はく》桃《とう》を発見《はっけん》した。ぼくはそれを持《も》って二階《かい》の子《こ》ども部屋《べや》に退散《たいさん》した。

母《はは》には一緒《いっしょ》に遊《あそ》べと言《い》われたが、さすがにちょっと無理《むり》だった。ひとまずここで時《とき》を稼《かせ》ごう。白桃《はくとう》を指《ゆび》でつまんで口《くち》に運《はこ》ぼうとしたが、手《て》が震《ふる》えて言《い》うことをきかず、白桃《はくとう》はつるりとすべって床《ゆか》に落《お》ちた。

ああ、くそう！

二つ目《め》をがんばって口《くち》に運《はこ》んだ。

うまい！

ぼくは口《くち》をもごもごさせながら、床《ゆか》に落《お》ちた白桃《はくとう》をつまみあげ、そのままゴミ箱《ばこ》に捨《す》てるとアリがくると思《おも》い、えい、と窓《まど》から外《そと》に捨《す》てた。桃《もも》は裏庭《うらにわ》の草《くさ》の間《あいだ》に落《お》ちた。その時《とき》、近《ちか》よりがたいオーラがゴオと部屋《へや》の中《なか》に流《なが》れこんでくる気配《けはい》がした。

「何捨《なにす》てたの？」

突然《とつぜん》の声《こえ》にぎくりとした。桃《もも》の果汁《かじゅう》が鼻《はな》からふきだし、ぼくはむせ返《かえ》って激《はげ》しくせきこんだ。音《おと》も立《た》てずにどうやって階段《かいだん》を上《あ》がってきたのか、ドアのところになずなが立《た》っていた。

「ゲホ、ゲホ」

ぼくはせきが止《と》まらず、返事《へんじ》をすることもできない。

「だいじょうぶ？」

なずなが歩《あゆ》みより、ぼくの背中《せなか》をなでた。ふり返《かえ》ると信《しん》じられない近《ちか》さにその顔《かお》がある。

ぼくはさらにむせた。桃《もも》の断片《だんぺん》が鼻《はな》の穴《あな》のどこかに入《はい》ってひっかかった。くしゃみが後《あと》から後《あと》から止《と》まらない。

「汚《きたな》い！　きみ、今鼻《いまはな》から何《なに》か飛《と》びでたよ」

なずなはぼくを指《ゆび》さして大笑《おおわら》いした。恥《は》ずかしくて恥《は》ずかしくて、顔《かお》から火《ひ》が出《で》そうになった。ただもう我《わ》が身《み》の食《く》い意地《いじ》と大好物《だいこうぶつ》の白桃《はくとう》を呪《のろ》うばかりだった。くしゃみとなずなの笑《わら》いはなかなかやまず、ついにはつられて、ぼくも笑《わら》いだし、笑《わら》いながら、またくしやみを繰《く》りかえす。

やがてどうにか自分《じぶん》の笑《わら》いを収《おさ》めきると、なずなは二段《にだん》ベッドの上《うえ》の段《だん》によじのぼった。

そこには、くしゃくしゃのシーツやパジャマや少年《しょうねん》ジャンプが散乱《さんらん》している。

「うわっ、汚《きたな》い！」

「おいおい、あんまり見《み》ないでくれよ」

「きみ、兄弟《きょうだい》いるの？」

「いないよ」

「なんで二段《にだん》ベッドなの？」

「あ、これ？　弟《おとうと》ができた時《とき》のためさ」

「へんなの」

しかし、数々《かずかず》の失態《しったい》がかえってよかったのかもしれない。肝《きも》がすわった。ベッドを見《み》られても、そんなのどうでもいいや、という気分《きぶん》になっていた。

ぼくは単刀直入《たんとうちょくにゅう》に質問《しつもん》してみた。

「なんでウチに泊《と》まるの？」

「え？　知《し》らない。親《おや》が決《き》めたのよ」

「なんでウチなの？」

「知《し》らない」

「おまえの母親《ははおや》とウチの母親《ははおや》って、知《し》り合《あ》い？」

「知《し》り合《あ》いなんじゃない？　同《おな》じPTA《ピーティーエー》じゃん」

「まあそうだけどさ。ウチにお茶《ちゃ》飲《の》みにきたりとかしたことないと思《おも》うけど」

「知《し》らない」

「おまえがここに泊《と》まって、おまえの母親《ははおや》は？　今何《いまなに》してんの？」

なずなは、ぼくの質問《しつもん》を無視《むし》したままはしごを伝《つた》って、今度《こんど》は下《した》のベッドにもぐりこんだ。本来《ほんらい》そこはぼくの遊《あそ》び道具《どうぐ》でぐちゃぐちゃになっているはずだったが、きれいさっぱり片付《かたづ》けられていて、何《なに》もなかった。母《はは》のしわざだろう。でも、なぜここだけ片付《かたづ》けたんだろう。

泊《と》まるって、なずなをここに寝《ね》かせるのか？

体感《たいかん》したことのない衝撃《しょうげき》が全身《ぜんしん》を凍《こお》りつかせた。いや、全身《ぜんしん》の血《ち》を熱《あつ》くみなぎらせた。

その何《なに》もないベッドの上《うえ》に、なずなはごろりと横《よこ》になった。膝《ひざ》を立《た》て、短《みじか》いスカートの裾《すそ》を気《き》にしたりする。ぼくは目《め》を背《そむ》けた。

遠《とお》くで一番蝉《いちばんぜみ》が鳴《な》いている。

「もうすぐ夏休《なつやす》みだなあ」

ぼくはカレンダーを破《やぶ》り、四つに折《お》りたたんでゴミ箱《ばこ》に捨《す》てた。新《あたら》しい七月《がつ》と八月《がつ》。この中《なか》にこれからやってくる夏休《なつやす》みがすっぽり入《はい》ってしまうのだ。そう考《かんが》えると、ずいぶんあっけないものだと思《おも》ってそれを口《くち》にした。

「なんかあっけないなあ、夏休《なつやす》みって」

「まだ始《はじ》まってもないよ」

「そうだけど」

会話《かいわ》がそこで途切《とぎ》れた。不用意《ふようい》な発言《はつげん》が余計《よけい》な沈黙《ちんもく》を誘《さそ》ってしまった。ぼくは七月《がつ》と八月《がつ》のカレンダーを眺《なが》めるしかなかった。今日《きょう》は七月《がつ》の三日《みっか》だ。来週《らいしゅう》の土曜日《どようび》が十日《とおか》、その次《つぎ》が十七日《にち》、次《つぎ》が二十四日《か》、その次《つぎ》が三十一日《にち》。七月《がつ》三十一日《にち》は例年《れいねん》、登校日《とうこうび》というのがあり、夜《よる》には花火大会《はなびたいかい》もあるという日《ひ》だった。今年《ことし》は土曜日《どようび》か、きっと混雑《こんざつ》するなあ、などと考《かんが》えていると、なずなが沈黙《ちんもく》を破《やぶ》った。

「……ママはね、今日《きょう》は、パパと会議《かいぎ》」

「会議《かいぎ》？」

「よく知《し》らない……離婚《りこん》するの、きっと」

離婚《りこん》。

重《おも》い沈黙《ちんもく》がやってきた。あまりの重《おも》さに押《お》しつぶされそうだった。

なぜか頭《あたま》に浮《う》かんだのは、無残《むざん》に割《わ》れたすいかだった。たまに道《みち》ばたで遭遇《そうぐう》する割《わ》れたすいか。農家《のうか》の人《ひと》がトラックに積《つ》んでる途中《とちゅう》に落《お》としてしまったのか、だれかが家《いえ》まで運《はこ》ぶ途中《とちゅう》でうっかり手《て》をすべらせたのか。割《わ》れたすいかはもう人間《にんげん》の食《た》べ物《もの》ではない。アリや、ハエや、その他《た》の昆虫《こんちゅう》の

えさになる。カブトムシが食《た》べに来《く》るかもしれない。もったいなくも、残念《ざんねん》な、無残《むざん》な、道《みち》ばたで割《わ》れたすいか。離婚《りこん》という言葉《ことば》にふさわしいイメージがほかに見当《みあ》たらず、気《き》のきいた言葉《ことば》のひとつも浮《う》かばないぼくの脳裏《のうり》をただただ割《わ》れたすいかが駆《か》けめぐる。窓《まど》の外《そと》の空《そら》を眺《なが》めると、夕立《ゆうだち》でも降《ふ》らせそうな黒《くろ》い雲《くも》が迫《せま》っていた。

重《おも》い沈黙《ちんもく》を破《やぶ》ったのはなずなだった。

「なにそれ？」

なずなは学習机《がくしゅうづくえ》の横《よこ》の壁《かべ》を指《ゆび》さした。そこには日本地図《にほんちず》の立体模型《りったいもけい》が掛《か》けてあった。小学校三年《しょうがっこうさんねん》の時《とき》に紙粘土《かみねんど》で作《つく》った労作《ろうさく》で、我《われ》ながらよくできたと思《おも》うあまり、三年《ねん》もの間《あいだ》ずっと壁《かべ》に飾《かざ》っていたのだが、老朽化《ろうきゅうか》で半島《はんとう》という半島《はんとう》はみな欠《か》けてしまい、北海道《ほっかいどう》、淡路島《あわじしま》、佐渡島《さどがしま》、四国《しこく》、沖縄《おきなわ》は丸《まる》ごと影《かげ》も形《かたち》もなくなっていた。かつてはビリジアンの絵《え》の具《ぐ》を使《つか》いきった緑《みどり》あふれる島国《しまぐに》であったが、西陽《にしび》を浴《あ》びつづけて、だいぶ陽《ひ》に焼《や》けて黄ばんでしまい、干《ひ》からびたキュウリのような姿《すがた》と化《か》したニッポン。

「だいぶ欠《か》けちゃったけど、これ、賞《しょう》もらったんだぜ。がんばったで賞《しょう》」

「何《なに》それ。がんばったで賞《しょう》？」

「けっこう笑《わら》えるよね」

「べつに。笑《わら》えるほどじゃない」

どうも話《はなし》が続《つづ》かない。

「これってさ、すごろくゲームにもなってるんだぜ。ちょっとやってみる？」

「うん。いいよ」

ぼくは壁《かべ》からこの模型《もけい》を外《はず》して床《ゆか》に置《お》き、ちびた消《け》しゴムを二つ駒《こま》の代《か》わりとした。まずはジャンケン。勝《か》ったなずながサイコロを振《ふ》ると、いきなり六の目《め》が出《で》た。

「どうしたらいいのこれ？」

「じゃあまず、東京《とうきょう》からスタートして九州《きゅうしゅう》まで行《い》こうか」

なずなが消《け》しゴムの駒《こま》を進《すす》める。模型《もけい》には細《こま》かい地名《ちめい》が書《か》かれていないので、ぼくがかわりにいちいち名前《なまえ》を呼《よ》ぶ。

「品川《しながわ》、新横浜《しんよこはま》、小田原《おだわら》、熱海《あたみ》、三島《みしま》、新富士《しんふじ》、静岡《しずおか》」

知識《ちしき》をひけらかしたい思《おも》いが、なくもなかったが、なずなはそこに気《き》づいてもくれなかった。

「なんでこんなもの作《つく》ったの？」

「おれ、社会科《しゃかいか》が好《す》きなんだ。……科目《かもく》、なにが好《す》き？」

「べつに。あたし学校嫌《がっこうきら》いだもん」

「……そうなんだ」

「勉強好《べんきょうす》きなの？　へんなの。はいきみの番《ばん》」

「あ、ああ」

サイコロを振《ふ》る。三の目《め》。品川《しながわ》、新横浜《しんよこはま》、小田原《おだわら》。

「つまんないねこれ」

と、なずな。その通《とお》りだった。何《なに》しろ小学《しょうがく》三年《ねん》の時《とき》に作《つく》ったゲームである。何《なん》の工夫《くふう》も仕掛《しか》けもない。

「将棋《しょうぎ》やれる？」

「やったことはある」

「将棋《しょうぎ》やろうか！」

「うん」

押《お》し入《い》れを開《あ》けると、案《あん》の定《じょう》、ベッドの上《うえ》のオモチャはみな、ここに隠《かく》れていた。その中《なか》から将棋《しょうぎ》セット一式《いっしき》を引《ひ》っぱりだして、床《ゆか》の上《うえ》に広《ひろ》げた。なずなは駒《こま》の並《なら》べ方《かた》からしてよくわかっておらず、駒《こま》の動《うご》かし方《かた》も全然《ぜんぜん》知《し》らなかった。銀《ぎん》を桂馬《けいま》のように動《うご》かしたりして、そのたびにぼくが指導《しどう》してやらなければならなかった。まともな対局《たいきょく》になるわけもなく、なずなはすぐに飽《あ》きてしまった。

「トランプとかないの？」

「トランプにする？　オセロあるよ」

「オセロならできる」

ぼくは立体模型《りったいもけい》と将棋《しょうぎ》を脇《わき》に寄《よ》せ、押《お》し入《い》れからオセロを引《ひ》っぱりだした。なずなはオセロが強《つよ》かった。対戦《たいせん》はかなり接戦《せっせん》になったが、最後《さいご》には、ぼくが負《ま》けた。二度目《どめ》も三度《ど》目《め》も同《おな》じだった。こんなことなら将棋《しょうぎ》を続《つづ》けておけばよかったと後悔《こうかい》しながら、四度目《どめ》の対戦《たいせん》を始《はじ》めたところで母《はは》が帰《かえ》ってきた。台所《だいどころ》でワシャワシャと買《か》い物袋《ものぶくろ》の音《おと》がする。窓《まど》の外《そと》を見《み》ると、もうすっかり日《ひ》が暮《く》れていた。結局《けっきょく》四度目《どめ》の対戦《たいせん》にも敗《やぶ》れ、ぼくは五度目《どめ》の対戦《たいせん》に挑《いど》んだ。なずなは受《う》けて立《た》った。思《おも》えば彼女《かのじょ》も気《き》まずくて死《し》にそうだったのかもしれない。突然《とつぜん》泊《と》まりにこられて動転《どうてん》してる自分《じぶん》なんかより、突然《とつぜん》親《おや》の都合《つごう》で見知《みし》らぬ家《いえ》に泊《と》まれと言《い》われるほうがどんなに気《き》まずいことだろう。どんなに心細《こころぼそ》いだろう。ぼくはぼくでオセロに集中《しゅうちゅう》して、耐《た》えがたい時間《じかん》を必死《ひっし》につぶそうとしていたが、なずなもまた、そうであったのかもしれない。窓《まど》から強《つよ》い風《かぜ》が吹《ふ》きこんできた。ザアッと音《おと》がして、夕立《ゆうだち》が降《ふ》りだした。ぼくらは急《いそ》いで窓《まど》を閉《し》めた。そしてまた、対戦《たいせん》を続《つづ》けた。

しばらくして、台所《だいどころ》からカレーの匂《にお》いが立《た》ちこめてくる。

グルルルル。

ぼくのお腹《なか》が鳴《な》った。

「くふっ」

なずなが笑《わら》った。

グルルルル。

なずなのお腹《なか》も鳴《な》った。二人《ふたり》そろって吹《ふ》きだした。その対戦《たいせん》もなずなの勝利《しょうり》だった。

「アイス食《た》べる？」

「え？」

「腹減《はらへ》ったじゃん」

「だってもうすぐ晩《ばん》ご飯《はん》じゃん」

「そうだけどさ。いらない？」

「んー、あれば食《た》べる」

「いちごとチョコどっち？」

「いちご」

「じゃ、おれチョコ。ちょっと待《ま》ってて」

台所《だいどころ》に駆《か》けおりるなり、ぼくは母《はは》に食《く》ってかかった。

「ねえねえ、泊《と》まるって、及川《おいかわ》さん、どこに寝《ね》るんだよ？」

「それは、お客《きゃく》さん用《よう》のベッドよ」

「そんなのないじゃん」

「あんたの部屋《へや》の下《した》のベッドよ」

「あれお客《きゃく》さん用《よう》のベッドじゃねえって」

「お客《きゃく》さんがきた時《とき》はお客《きゃく》さん用《よう》のベッドよ」

「なんで？　松戸《まつど》のおじちゃんがくる時《とき》は客間《きゃくま》じゃん」

「じゃあ、あんたが客間《きゃくま》にお布団《ふとん》しいて寝《ね》る？　そんなことしたら、あんたがなずなちゃんのこと嫌《きら》ってるみたいじゃない？　あ、お風呂《ふろ》わいてるから、ささっと入《はい》ってちょうだい。なずなちゃんも。ごはん七時《じ》ね」

「あと二十分《ぷん》しかないじゃん。ひとり十分《ぷん》かよ」

「一緒《いっしょ》に入《はい》ったらいいじゃん」

「ふざけんなよ！　そんなん無理《むり》だよ」

「どうしてよ？　あたしなんか松戸《まつど》のおじちゃんとか鶴見《つるみ》のせいちゃんとよくお風呂《ふろ》入《はい》ったよ？　夏《なつ》なんか水風呂《みずぶろ》でいっつも遊《あそ》んだよ？」

「ざっけんなよー、おれはもう風呂《ふろ》入《はい》んねえよ」

「じゃ、なずなちゃんにお風呂《ふろ》って言《い》ってきて」

ぼくはふてくされながら、二階《かい》に戻《もど》った。なずなは床《ゆか》に寝転《ねころ》がって、ぼくのマンガを勝《かっ》手《て》に読《よ》んでいた。

「あれ？　アイスは？」

「え？……あ」

完全《かんぜん》に忘《わす》れていた。

「あの、風呂《ふろ》入《はい》れって」

「先入《さきはい》っていいよ」

「え？　おまえ先入《さきはい》れよ」

「今《いま》これ読《よ》んでるから」

見《み》ると『ドラゴンボール』だった。

「最初《さいしょ》のほうは読《よ》まなくていいよ。サイヤ人《じん》が出《で》てきてからがおもしろいんだ」

「ふーん」

なずなはマンガから顔《かお》を動《うご》かさない。

「じゃ、お先《さき》に」

ぼくはまた階段《かいだん》を降《お》りる。そして、風呂場《ふろば》へ。浴槽《よくそう》に飛《と》びこむと、急《きゅう》に心臓《しんぞう》がどきどきしてきた。先《さき》ほどのやりとりを頭《あたま》の中《なか》で繰《く》りかえす。

「先入《さきはい》っていいよ」「え？　おまえ先入《さきはい》れよ」

あの時《とき》、「え？　おまえ先入《さきはい》れよ」ではなくて、「一緒《いっしょ》に入《はい》れってさ」って答《こた》えていたらどうなっていたんだろう。そして、なずなが「いいよ」と答《こた》えていたら、今《いま》、二人《ふたり》はここで一緒《いっしょ》に風呂《ふろ》に入《はい》ってるんだろうか？　そう考《かんが》えると、本当《ほんとう》に一緒《いっしょ》に風呂《ふろ》に入《はい》ってるような気《き》になってきて、何《なん》とも言《い》いしれぬ不思議《ふしぎ》な気分《きぶん》になってきた。ガラリと音《おと》がした。だれかが脱衣所《だついじょ》に入《はい》ってきた。なずな？

「あんたいつまで入《はい》ってんの？　ごはんよ」

母《はは》だった。浴槽《よくそう》から出《で》るとクラクラした。いつの間《ま》にか二十分《ぷん》以上《いじょう》湯《ゆ》に浸《つ》かりっぱなしになっていた。洗面器《せんめんき》に水《みず》をためて頭《あたま》か

らかぶって我《われ》にかえった。二度《ど》三度《ど》冷水《れいすい》をかぶり、それで身体《からだ》も洗《あら》ったことにして、風呂《ふろ》から出《で》た。ダイニングテーブルに母《はは》となずなが向《む》かい合《あ》わせに座《すわ》って、カレーを食《た》べていた。ぼくのカレーはなずなの隣《となり》に用意《ようい》されていた。仕方《しかた》なく隣《となり》に座《すわ》り、スプーンをにぎった。なずなを意識《いしき》しすぎて心臓《しんぞう》が高鳴《たかな》る。のぼせたのもあって顔《かお》が火照《ほて》りきっている。カレーを見《み》ると四角《しかく》い肉《にく》がカレーの中《なか》にごろごろしている。スプーンでカレーをすくって、フーフーと息《いき》を吹《ふ》きかけた。心《こころ》の中《なか》で落《お》ち着《つ》け、落《お》ち着《つ》けと、自分《じぶん》に暗示《あんじ》をかけながら、何度《なんど》もフーフーと息《いき》を吹《ふ》きかけた。

「なにそんなにフーフーしてるの？　そんな熱《あつ》くないわよ」

息子《むすこ》の気《き》も知《し》らぬ母《はは》が余計《よけい》なことを言《い》う。あの日《ひ》のカレーの味《あじ》は、今思《いまおも》いだしても、セロリを生《なま》でかじったような苦《にが》い記憶《きおく》しかない。どうにかカレーを平《たい》らげると、ぼくは部屋《へや》に戻《もど》り、二段《にだん》ベッドの上《うえ》に籠城《ろうじょう》して、『スラムダンク』の第《だい》一巻《かん》を読《よ》み始《はじ》めた。

下《した》の階《かい》では母《はは》がなずなに風呂《ふろ》の使《つか》い方《かた》をレクチャーしているようだった。タオルはこれ使《つか》って、とか、着替《きが》えはある？　とかいう声《こえ》が聞《き》こえた。なずなは一度《いちど》ぼくの部屋《へや》に戻《もど》ってきて、自分《じぶん》のかばんを持《も》って出《で》ていった。その中《なか》に下着《したぎ》とか、いろいろ入《はい》っているのだろう。やがて、風呂場《ふろば》からバシャリバシャリと水《みず》の跳《は》ねる音《おと》がした。

父《ちち》が帰《かえ》ってくる音《おと》がした。どこかで一杯引《いっぱいひ》っかけてきたような足取《あしど》りと、陽気《ようき》な声《こえ》が聞《き》こえた。母《はは》の、いまお風呂使《ふろつか》ってるから入《はい》ったらダメよ、という声《こえ》が聞《き》こえた。母《はは》は、今日《きょう》の件《けん》を父《ちち》に説明《せつめい》してる様子《ようす》だったが、妙《みょう》にひそひそ声《ごえ》で、その中身《なかみ》は聞《き》こえなかった。

母《はは》が布団《ふとん》を持《も》って上《あ》がってきた。そして、下《した》のベッドになずなの寝床《ねどこ》を作《つく》る。

「なずなちゃんどう？」

「どうって？」

「どうって……ちゃんと遊《あそ》んであげた？」

「遊《あそ》んだよ。オセロやったよ」

「すごろくと将棋《しょうぎ》もやったの？」

母《はは》は、片付《かたづ》いていない床《ゆか》を見《み》て言《い》ってるのだろう。

「ちょっとやった」

「お母様《かあさま》から急《きゅう》に電話《でんわ》あって頼《たの》まれたのよ」

「知《し》り合《あ》いなの？」

「PTA《ピーティーエー》で一回会《かいあ》ったことあるけど。でも、しゃべったことなかったから。電話《でんわ》で初《はじ》めてしゃべったから」

母《はは》も突然《とつぜん》なずなを預《あず》かることになり、驚《おどろ》いていたのだ。

また、割《わ》れたすいかを思《おも》いだす。

母《はは》が下《した》に降《お》りてしばらくすると、「ありがとうございました」というなずなの声《こえ》が聞《き》こえた。小《ちい》さな音《おと》を立《た》てて、なずなが階段《かいだん》を上《のぼ》ってきた。ギシギシとよく鳴《な》るあの古《ふる》い木《き》の階段《かいだん》をどうやったら、あんな小《ちい》さな音《おと》で上《のぼ》れるのか不思議《ふしぎ》だったが、なずなが部屋《へや》に入《はい》ってくると、空気《くうき》が一変《いっぺん》した。ぼくは思《おも》わず大《おお》きく息《いき》を吸《す》いこんだ。風呂上《ふろあ》がりのなずなの芳《かんば》しい香《かお》りが、今《いま》まで嗅《か》いだことのない艶《つや》やかな香《かお》りが脳《のう》の奥《おく》までしみわたるようだった。

なずなはしばらく物静《ものしず》かに寝支度《ねじたく》をしていたが、ついにベッドに横《よこ》になった。

真下《ました》にいる。

口《くち》の中《なか》がカラカラになった。

もう目《め》をつぶっただろうか。けどなずなのきりりとした視線《しせん》が自分《じぶん》の背中《せなか》をにらみつけているようで、どうにも居心地《いごこち》が悪《わる》い。ぼくは眠《ねむ》らず『スラムダンク』を読《よ》みつづけた。

「電気《でんき》消《け》していい？」

「え、ああ」

突然《とつぜん》聞《き》かれて、ぼくはうっかり返事《へんじ》をしてしまった。なずなが起《お》きあがると二段《にだん》ベッドが揺《ゆ》れた。ガシャッという音《おと》がした。何《なん》だろう。ぼくはふり返《かえ》った。二段《にだん》ベッドの上《うえ》の段《だん》と、蛍光灯《けいこうとう》の真下《ました》に立《た》つなずなの距離《きょり》は予想以上《よそういじょう》に近《ちか》かった。下《した》を見《み》ると、立体模型《りったいもけい》の富《ふ》士山《じさん》の部分《ぶぶん》がへこんでいた。

「ごめん、踏《ふ》んじゃった」

「あ、いいよ、別《べつ》に。もう捨《す》ててもいいんだそれ」

「ごめん」

次《つぎ》の瞬間《しゅんかん》、なずなは蛍光灯《けいこうとう》のスイッチのひもを引《ひ》き、部屋《へや》は真《ま》っ暗《くら》になった。あ、ちょっと待《ま》ってと思《おも》ったが言《い》いそびれた。これじゃ『スラムダンク』がもう読《よ》めない。

そこからさらに過酷《かこく》な夜《よる》が待《ま》っていた。眠《ねむ》れない。しかも暑《あつ》い。その上《うえ》、長風呂《ながぶろ》でのぼせたぶんと、カレーを食《た》べたぶんもあって、全身《ぜんしん》からだらだらと汗《あせ》がふきだした。そして、何《なに》より真下《ました》で及川《おいかわ》なずなが寝《ね》ているのだ。下《した》から芳《かんば》しい香《かお》りが湧《わ》きあがってくる。これがいっそ夢《ゆめ》であったなら。しかし夢《ゆめ》ではないのだ。ああ、眠《ねむ》れない、ああ眠《ねむ》れないと、寝返《ねがえ》りを繰《く》りかえすうちに、しかし、そこはまだ子《こ》どもであった。気《き》がつけばすっかりいい気《き》分《ぶん》で眠《ねむ》ってしまった。

なずなはどうだったんだろう。ちゃんと寝《ね》れたのだろうか。

それはわからない。

第《だい》三章《しょう》　自《じ》転《てん》車《しゃ》

目《め》をさますと、窓《まど》の外《そと》がうっすら明《あか》るくなっていた。まだ、薄暗《うすぐら》い部屋《へや》に人《ひと》の姿《すがた》のようなものが見《み》えた。目《め》を凝《こ》らすとなずなが立体模型《りったいもけい》を前《まえ》にして座《すわ》っている。ぼくが起《お》きあがっても、なずなは気《き》にもとめずに地図《ちず》の一点《いってん》を見《み》つめている。

「なにやってんの？」

「寝《ね》れなかった」

「……え？」

あれから一睡《いっすい》もせずに、夜《よ》を明《あ》かしたというのか。いつからこうやってここに座《すわ》っていたのだろう。なずなの手《て》が動《うご》き、指先《ゆびさき》が模型《もけい》をなぞりはじめた。なぞりながら地名《ちめい》を言《い》い当《あ》ててゆく。

「東京都《とうきょうと》、千葉県《ちばけん》、茨城県《いばらきけん》、福島県《ふくしまけん》、宮城《みやぎ》県《けん》……ここは？」

「岩手県《いわてけん》」

「……岩手県《いわてけん》、青森県《あおもりけん》、北海道《ほっかいどう》……北海道《ほっかいどう》県《けん》？」

「北海道《ほっかいどう》は道《どう》だよ、道《どう》」

「……行《い》ったことないところばっかり」

「行《い》くとしたらどこに行《い》きたい？」

「どこにも行《い》きたくない」

そう言《い》うと、なずなは下《した》のベッドに戻《もど》った。

「ごめんね。それ踏《ふ》んじゃって」

「いいよ。わざとやったわけじゃないんだし」

「わざとやったんだよ」

「え？……なんで？」

返事《へんじ》はなかった。

庭《にわ》の木《き》の枝《えだ》で鳥《とり》がさえずっていた。ぼくはベッドの中《なか》で寝返《ねがえ》りを打《う》ちつづけたが、もう眠《ねむ》れなかった。あきらめてベッドから降《お》り、なずなをそのままに外《そと》へ飛《と》びでた。

東《ひがし》の空《そら》がだいぶ明《あか》るくなっていた。外《そと》に出《で》てみたものの、やることもない。ぶらぶら歩《ある》いているうちに、自然《しぜん》に鎮守《ちんじゅ》の森《もり》に足《あし》が向《む》く。そこはカブトムシやクワガタが獲《と》れるスポットだ。以前《いぜん》は毎朝《まいあさ》、ここに出向《でむ》いて、毎日《まいにち》のように獲物《えもの》をゲットして帰《かえ》った。ノコギリクワガタが獲《と》れた日《ひ》は最高《さいこう》の気分《きぶん》だった。久《ひさ》しぶりに訪《たず》ねた森《もり》は、しかし、どことなく雰《ふん》囲気《いき》が変《か》わっていた。クヌギの木《き》が樹液《じゅえき》を出《だ》すポイントがあるのだが、からからに干《ひ》からびていた。黒《くろ》い昆虫《こんちゅう》の姿《すがた》を見《み》つけて、メスのクワガタかと思《おも》ったら、ゴキブリだった。どうしたことだろう。まるで自分《じぶん》が見捨《みす》ててしまったから、森《もり》もすっかりやる気《き》をなくしてしまったかのようだった。森《もり》はぼくやほかの子《こ》どもたちが、ここにやってくるのを喜《よろこ》んで樹液《じゅえき》を出《だ》し、昆虫《こんちゅう》を集《あつ》めていたんだろうか。そんなわけはないだろうが、そう思《おも》いたくなるほど、森《もり》は生気《せいき》を失《うしな》っていた。

ぼくは用水路《ようすいろ》を探索《たんさく》した。ザリガニの一匹《いっぴき》でも捕《つか》まえたら帰《かえ》ろうと思《おも》っていた。しばらく歩《ある》きまわっていると、浅瀬《あさせ》の水《みず》の中《なか》に、じっとしている黒《くろ》いザリガニの背中《せなか》を発見《はっけん》した。捕《つか》まえるのはたやすいが、そこまで行《い》くと、スニーカーが汚《よご》れるなあ、と思《おも》う。昔《むかし》なら裸足《はだし》になって泥《どろ》に足《あし》を突《つ》っこんでも平気《へいき》だったが、そこまでもしたくない。おかげでこのザリガニの平和《へいわ》な朝《あさ》は守《まも》られた。ザリガニを捕《つか》まえる気《き》もないなら、こんなところほっつき歩《ある》いてても意味《いみ》がないなあ、と思《おも》いながら、それでもまだ朝食《ちょうしょく》にも早《はや》い時間《じかん》だったので、ぶらぶらしていると、誘蛾灯《ゆうがとう》の下《した》で、無数《むすう》のガやツマグロヨコバイの死骸《しがい》の中《なか》に、生《い》きたノコギリクワガタを見《み》つけた。

おお、ラッキー！

ぼくはそいつをつまみあげる。見事《みごと》にうねったあご。フェラーリのような美《うつく》しい曲線《きょくせん》。こんなのなかなかいないぞ、と思《おも》ったが、どうしたことか以前《いぜん》のような興奮《こうふん》がわいてこない。どうしてこんなものに執着《しゅうちゃく》していたのかすら思《おも》いだせない。なぜか昨夜《ゆうべ》のシャンプーの芳《かんば》しい香《かお》りを思《おも》いだす。なずなを思《おも》いだす。そろそろ帰《かえ》らなきゃ。なずなと一緒《いっしょ》に朝《あさ》ご飯《はん》を食《た》べなきゃ。でもまたきっと、息苦《いきぐる》しくなる。心臓《しんぞう》がバクバクする。ああ、家《いえ》に帰《かえ》りたくない。帰《かえ》りたくないなあ。家出《いえで》でもしようかな。でも、帰《かえ》りたいような。一緒《いっしょ》にご飯《はん》を食《た》べたいような。そんな矛盾《むじゅん》した感情《かんじょう》に悩《なや》みつつ、ぼくは結局《けっきょく》家《いえ》に帰《かえ》る道《みち》をたどるのだった。

勝手口《かってぐち》の前《まえ》でためらっていると、思《おも》いがけず母親《ははおや》が背後《はいご》から声《こえ》をかけた。

「あれ？　なずなちゃんは？」

「え？　知《し》らない」

「どこ行《い》ったのかしら」

母《はは》は外《そと》を捜《さが》していたようだ。

「知《し》らない」

ぼくはひとまず二階《かい》に上《あ》がってみた。部屋《へや》にはたしかになずなの姿《すがた》はなかった。母《はは》が階《かい》段《だん》を上《のぼ》ってきた。

「いないでしょ？」

「かばんもないよ」

「どうしたんだろう？」

母《はは》が心配《しんぱい》した。ぼくも不安《ふあん》になってきた。念《ねん》のため風呂場《ふろば》や裏庭《うらにわ》も見《み》てまわったが、たしかにどこにもいない。

「おウチに帰《かえ》ったんじゃないか？」

父《ちち》がのんきに言《い》う。

「典道《のりみち》、おまえちょっと捜《さが》してきてよ」

「えー？　どこを？」

「ご近所《きんじょ》」

「えー？　面倒《めんどう》くさいよ」

ぼくは嫌《いや》そうなフリをしながら自転車《じてんしゃ》にまたがり、なずなを捜《さが》しに出《で》た。内心《ないしん》は気《き》が気《き》ではなかった。昨日《きのう》の立体模型《りったいもけい》が脳裏《のうり》をよぎった。

日本《にほん》のどこか……まさか。

しかし、なずなが失踪《しっそう》したら、なにかもうこの町《まち》のスケールで捜《さが》しても見《み》つからない気《き》がしたのである。

……まさかな。

朝《あさ》、自分《じぶん》が歩《ある》きまわったほうにきたなら、どこかで見《み》かけたはずである。きっとこっちにはきていない。

……海《うみ》のほうか。

ぼくは自転車《じてんしゃ》で浜辺《はまべ》へと向《む》かった。予想《よそう》は的中《てきちゅう》した。なずなは海岸《かいがん》の自転車道《じてんしゃどう》をひとりで歩《ある》いていた。

「おい、何《なに》やってんだよ」

「歩《ある》いてんの。散歩《さんぽ》」

「……みんな心配《しんぱい》してるぜ」

「してないよ」

「してるよ。ちょっと家《いえ》に戻《もど》ろうよ」

「どうして？　散歩《さんぽ》ぐらいいいじゃない」

「どこに行《い》くの」

「このまままっすぐ」

「どこまで」

「知《し》らない」

なずなはふと立《た》ちどまると、いきなりぼくの自転車《じてんしゃ》の荷台《にだい》に腰《こし》かけた。

「送《おく》ってよ」

「どこまで」

「この先《さき》、ずっと」

なずなが指《ゆび》さす方向《ほうこう》にはずっと遠《とお》くまで海岸線《かいがんせん》がのびていた。九十九里浜《くじゅうくりはま》である。この場所《ばしょ》はその北《きた》の端《はし》である。背後《はいご》にある刑部岬《ぎょうぶみさき》から太東岬《たいとうみさき》まで、ただひたすらに続《つづ》く海岸《かいがん》が六〇キロメートルにも及《およ》ぶ。マラソンコースよりも距離《きょり》がある。そこを走《はし》れと言《い》うのだろうか。しかし、ともかくぼくはなずなを後《うし》ろに乗《の》せてペダルをこぎ始《はじ》めた。逃《に》げようとする魚《さかな》を無理矢理《むりやり》釣《つ》りあげようとすれば、糸《いと》が切《き》れてしまう。しばらくは魚《さかな》の泳《およ》ぎに付《つ》き合《あ》うのが大事《だいじ》なのだ。そんなことを思《おも》いながら、しかし、本当《ほんとう》のところは、なずなともっと一緒《いっしょ》にいたいという思《おも》いがあったかもしれない。

昨日《きのう》とはうってかわって空《そら》は晴《は》れわたっていた。太陽《たいよう》は高《たか》く、海《うみ》のきらめきはまぶしかった。道行《みちゆ》く釣《つ》り人《びと》とすれ違《ちが》う。

「おまえ、釣《つ》りとかやらない？」

「やらない」

「楽《たの》しいぜ」

「魚嫌《さかなきら》いなの」

「そっか。そうだったよな」

共通《きょうつう》の話題《わだい》が見《み》つからない。

「趣味《しゅみ》は？」

「趣味《しゅみ》？　なんで？」

「なんでって。ただ聞《き》いただけだよ」

「ピアノ」

「へえ。ピアノ弾《ひ》けるんだ」

「でも、好《す》きで習《なら》ってたわけじゃないから趣味《しゅみ》じゃないね」

「いいんじゃない？　ひとまず。それも趣味《しゅみ》でさ」

「釣《つ》りって何《なに》が楽《たの》しいの？」

「んー、なんていうのかなあ。釣《つ》れたらやった！　って思《おも》う」

「おいしそうって思《おも》う？」

「んー、そうは思《おも》わないけど。でも、食《た》べたらおいしいよね」

「釣《つ》った時《とき》は？　おいしそうって思《おも》わないの？」

「別《べつ》に」

「じゃ、かっこいい？」

「魚《さかな》？　別《べつ》にかっこよくはない」

「じゃあ、どう思《おも》うの？」

「んー、魚《さかな》は魚《さかな》じゃん」

「じゃあバナナとか、キュウリとか釣《つ》れてもやったーって思《おも》う？」

「いや、そこはやっぱ魚《さかな》だよ。バナナとか、キュウリ釣《つ》っても、おもしろくないじゃん。なにが聞《き》きたいの？」

「何《なに》がおもしろいのかわかんない。魚《さかな》って気味悪《きみわる》いだけだから」

「なんで気味悪《きみわる》いの？」

「うろこが気味悪《きみわる》い」

「ああ、なんかそれはわかる。自分《じぶん》にあったらいやだよね」

「ねろねろしてる」

「してるねえ」

「目《め》が開《ひら》きっぱなし」

「ああ、たしかにねえ」

「だからさ、なんでそんなもの釣《つ》って楽《たの》しいの？」

「んー、なんでだろうなあ」

「でっかいミミズとか釣《つ》れてもうれしいの？」

「それはいやかなあ」

「ちょっと、もっとわかるように説明《せつめい》してよ」

「なにが聞《き》きたいんだよ？」

「だから釣《つ》りのどこが楽《たの》しいのか聞《き》いてるの」

「ああ、そうなの？」

「人《ひと》の話《はなし》聞《き》いてる？」

「聞《き》いてたけどさ、わかんなかったよ」

釣《つ》り具《ぐ》を持《も》った親子《おやこ》連《づ》れとすれ違《ちが》う。顔《かお》に見覚《みおぼ》えはなかったが、はっとした。こんな姿《すがた》をクラスメイトに見《み》られたらどうなる？　それをクラスじゅうに言《い》いふらされたらどんなことになるだろう。そんなことを考《かんが》えると、急《きゅう》に周《まわ》りの目《め》が気《き》になりだし、だれかとすれ違《ちが》うたびに顔《かお》を隠《かく》そうとしてしまう。気持《きも》ちがふさぎ、ペダルが重《おも》くなる。背中《せなか》はもう汗《あせ》でびっしょりだ。それでもがんばって二十分《ぷん》ぐらい自転車《じてんしゃ》をこいだ頃《ころ》、なずなが不意《ふい》に、

「止《と》めて」

と言《い》った。

自転車《じてんしゃ》を止《と》めきる前《まえ》に、なずなは荷台《にだい》から飛《と》びおり、海《うみ》に向《む》かって走《はし》りだした。ぼくは砂《すな》の上《うえ》になんとか自転車《じてんしゃ》を立《た》て、なずなの後《あと》を追《お》いかけた。なずなは靴《くつ》を脱《ぬ》ぎ、波打《なみう》ち際《ぎわ》に立《た》っていた。その白《しろ》い足《あし》に張《は》りついた砂《すな》を、波《なみ》の白《しろ》い泡粒《あわつぶ》がすすぎ流《なが》していく。ぼくも靴《くつ》を脱《ぬ》ぎ、水《みず》に足《あし》をつけると冷《つめ》たくて生《い》き返《かえ》るような心地《ここち》だった。

なずなは、スカートの裾《すそ》を気《き》にしながら、寄《よ》せては返《かえ》す波《なみ》としばらく戯《たわむ》れていた。ぼくは貝《かい》を拾《ひろ》ったりして時間《じかん》をつぶした。投《な》げるのに手頃《てごろ》なサイズを探《さが》し、見《み》つけると引《ひ》き波《なみ》に向《む》かって投《な》げた。ぼくらはそれを水切《みずき》りと呼《よ》んでいた。うまくいけば、貝《かい》は水《みず》の上《うえ》を三回《かい》も四回《かい》も跳《は》ねた。気《き》がつくと、いつの間《ま》にか、なずなもぼくのそばで貝《かい》を拾《ひろ》っていた。拾いあげては、砂《すな》をはらい、眺《なが》めては捨《す》てている。水切《みずき》りをするつもりはないようだった。

やがて、なずなが口《くち》を開《ひら》いた。

「ウチのママ、若《わか》い頃《ころ》ね、別《べつ》な恋人《こいびと》がいたのよ。結婚式《けっこんしき》の前《まえ》の晩《ばん》にその人《ひと》とかけおちしようとしたんだって……でもママ、結局怖《けっきょくこわ》くなってやめたんだって。でも、パパ今《いま》でもそんなことあったってこと知《し》らないんだよ」

かけおち……その言葉《ことば》の意味《いみ》がよくわからなかった。大人《おとな》のよからぬ何《なに》かなんだろうとひとまず受《う》けとめた。

「この話《はなし》、ママの元《もと》の彼氏《かれし》が教《おし》えてくれたの」

「え？　その人《ひと》のこと知《し》ってるの？」

「だってパパの弟《おとうと》だから。今《いま》はあたしのおじさん」

「へー、なんかドラマみたいな話《はなし》だな」

「よくある話《はなし》よ。だから愛《あい》のない夫婦《ふうふ》なのよ。もともと」

「……それで離婚《りこん》するの」

「知《し》らない」

なずなは流木《りゅうぼく》を拾《ひろ》って、ぬれた砂《すな》の上《うえ》に何《なに》かを描《か》き始《はじ》めた。

「なにそれ?」

「北海道《ほっかいどう》」

「え?」

それはただのひしゃげた丸《まる》いカタチだった。

「北海道《ほっかいどう》はこうだよ」

ぼくがかわりにひとつ描《か》いてやる。

「うわっ、上手《じょうず》! さすが立体模型《りったいもけい》を作《つく》っただけあるね。ね、本州《ほんしゅう》も描《か》いて!」

リクエストに応《こた》えて本州《ほんしゅう》も描《か》く。

「あとなんだっけ? 沖縄《おきなわ》?」

「その前《まえ》に四国《しこく》と九州《きゅうしゅう》ね」

ぼくは薩摩半島《さつまはんとう》の下《した》に奄美大島《あまみおおしま》と、沖縄《おきなわ》を描《か》き足《た》した。さらに佐渡島《さどがしま》、淡路島《あわじしま》、隠岐島《おきのしま》、対馬《つしま》も描《か》いてみた。知識《ちしき》をひけらかしたい思《おも》いが、なくもなかったが、やはりなずなはそこに気《き》づいてもくれなかった。

「ねえ、日本《にほん》の人口《じんこう》って何人《なんにん》？」

「人口《じんこう》？　一億人《おくにん》ぐらいかな」

「一億人《おくにん》……」

振《ふ》りかえると、なずなが棒《ぼう》の先《さき》を地面《じめん》に突《つ》き刺《さ》しながら、ぶつぶつぶやいている。なにやら数《かず》を数《かぞ》えている。

「なにやってんの？」

なずなはちらっと振《ふ》りかえったが、すぐまた数《かず》を数《かぞ》え始《はじ》める。数《かぞ》えながら、棒《ぼう》を砂《すな》に刺《さ》しつづける。ぼくもなずなの真似《まね》をして、数《かず》を数《かぞ》えながら棒《ぼう》を砂《すな》に刺《さ》した。

「ちょっと、もっと小《ちい》さい声《こえ》で数《かぞ》えてよ。わかんなくなっちゃうじゃない」

二人《ふたり》の数《かず》を数《かぞ》える声《こえ》とザクザクと穴《あな》をあける音《おと》が絡《から》み合《あ》い、競《きそ》い合《あ》い、次第《しだい》に速《はや》くなり、何《なに》か異様《いよう》な儀式《ぎしき》のようであった。やがてぼくらは疲《つか》れはて、相次《あいつ》いで砂《すな》の上《うえ》に座《すわ》りこんだ。

「ちょうど五百」

「あたし七百四十」

なずなはよろけながら起《お》きあがり、さらに十回続《かいつづ》けて砂《すな》に棒《ぼう》を突《つ》き刺《さ》した。

「七百五十。全部《ぜんぶ》でいくら？　千二百五十。一億《おく》ってこの何倍《なんばい》？」

「……ちょっと暗算《あんざん》じゃできないよ」

「計算《けいさん》して」

「えー？」

ぼくは砂《すな》の上《うえ》に割《わ》り算《ざん》の式《しき》を書《か》いた。

「一億《おく》を千で割《わ》ると……十万《まん》……だいたいこの十万倍《まんばい》ってこと？　今《いま》のを十万回《まんかい》だよ」

「すごい。なんでそんなにいっぱいいるの？」

「知《し》らないよ」

ぼくらは再《ふたた》び貝拾《かいひろ》いを始《はじ》めた。

ぼくにとってなずなはよくわからなかった。彼女《かのじょ》の考《かんが》えてることも、彼女《かのじょ》を取《と》り巻《ま》く環境《かんきょう》も、考《かんが》えるだけでつらくてしんどい気《き》がして、ぼくは考《かんが》えるのをやめてしまうのだった。今思《いまおも》えば、あれは子《こ》どもなりの防衛本能《ぼうえいほんのう》だったのかもしれない。それくらい彼女《かのじょ》と彼女《かのじょ》の抱《かか》えている問題《もんだい》は、幼《おさな》い自《じ》分《ぶん》の許容範囲《きょようはんい》をはるかに超《こ》えた世界《せかい》の出来《でき》事《ごと》だった。

「ねー、見《み》て見《み》てこれ！」

なずなが手《て》にしていたのは、真珠《しんじゅ》のような玉《たま》だった。真珠《しんじゅ》にしては大《おお》きすぎる。ゴルフボールぐらいはあっただろうか。全体《ぜんたい》は乳白色《にゅうはくしょく》だが、真珠《しんじゅ》よりは黒《くろ》みをおび、光《ひかり》

の反射《はんしゃ》で七色《なないろ》に輝《かがや》いていた。

「きれい！」

なずなはそれを太陽《たいよう》にかざした。風《かぜ》はなずなの髪《かみ》をなびかせた。

「なんか願《ねが》い事《ごと》とか言《い》ったら叶《かな》いそう」

なずなは片目《かため》を閉《と》じて、もう片方《かたほう》の目《め》を細《ほそ》めて、その宝石《ほうせき》のようなものを食《く》い入《い》るように見《み》つめていた。

それから、ぼくらはまた自転車《じてんしゃ》に乗《の》り、もう少《すこ》し先《さき》のコンビニでアイスクリームを買《か》って食《た》べた。彼女《かのじょ》がいちご味《あじ》で、ぼくがチョコレート味《あじ》だった。

アイスを食《た》べ終《お》わったなずなは、なにか吹《ふ》っきれたような表情《ひょうじょう》で、こう言《い》った。

「帰《かえ》る」

コンビニの前《まえ》にバス停《てい》があり、彼女《かのじょ》は次《つぎ》に来《き》たバスに乗《の》って、自分《じぶん》の家《いえ》に帰《かえ》っていった。ぼくはしばらく放心状態《ほうしんじょうたい》だった。

第《だい》四章《しょう》　登《と》校《こう》日《び》

七月《がつ》三十一日《にち》。土曜日《どようび》。朝《あさ》から快晴《かいせい》。

この日《ひ》は登校日《とうこうび》でもあり、花火大会《はなびたいかい》の日《ひ》でもあった。ＰＴＡ《ピーティーエー》のボランティアグループに参加《さんか》していた母《はは》は、公民館《こうみんかん》でバザーをやることになっていた。父《ちち》は例年《れいねん》、浜辺《はまべ》でビールでも飲《の》みながら花火《はなび》を見《み》るのを楽《たの》しみにしていたが、その年《とし》は、ついにスタッフとして駆《か》りだされるはめになり、大《おお》いに不満《ふまん》そうだった。公民館《こうみんかん》の中《なか》にいては、花火《はなび》なんて見《み》えるはずもない。

登校日《とうこうび》に教科書《きょうかしょ》はいらない。上履《うわば》きだけ持《も》っていけばいい。洗《あら》って縁側《えんがわ》に干《ほ》したままの上履《うわば》きはかりかりに干《ひ》からびていた。そいつをバックパックに押《お》しこんで、ぼくは家《いえ》を出《で》た。まだ八時《じ》だというのに、外《そと》は猛烈《もうれつ》に暑《あつ》い。蝉《せみ》たちもすでに全開《ぜんかい》で鳴《な》いている。ぼくは走《はし》った。時間《じかん》にはまだ余裕《よゆう》もあったし、走《はし》る必要《ひつよう》なんかなかった。久《ひさ》しぶりの学校《がっこう》がうれしかったのか、なずなに会《あ》えるのがうれしかったのか。心躍《こころおど》る気分《きぶん》、はやる気持《きも》ちをどうにもおさえられず、低学年《ていがくねん》のちびっ子《こ》たちを追《お》いぬきながら、ぼくは通学路《つうがくろ》を走《はし》りに走《はし》った。

郵便局《ゆうびんきょく》の前《まえ》で林純一《はやしじゅんいち》と笹本稔《ささもとみのる》に追《お》いついた。

ぼくは純一《じゅんいち》に後《うし》ろからラリアットを見舞《みま》った。

「うおっ！」

純一《じゅんいち》は前《まえ》につんのめって、転《ころ》びそうになったが、どうにか持《も》ちこたえて、振《ふ》り向《む》きざまにドロップキックを放《はな》った。ぼくは肩《かた》でガードしたが予想外《よそうがい》の衝撃《しょうげき》とともに吹《ふ》きとばされ、もんどり打《う》って地面《じめん》に転《ころ》がった。

「あ、ごめん！」

ぼくも驚《おどろ》いたが、純一《じゅんいち》はもっと驚《おどろ》いていた。

「いてえ〜」

まさか純一《じゅんいち》に倒《たお》される日《ひ》がくるとは思《おも》ってもみなかった。早生《はやう》まれの純一《じゅんいち》は、いつもぼくらの後《うし》ろにくっついてくる弟分《おとうとぶん》であった。この純一《じゅんいち》と稔《みのる》とは幼稚園時代《ようちえんじだい》からの同級《どうきゅう》で、昔《むかし》は稔《みのる》が大将《たいしょう》だった。小学生《しょうがくせい》になると、稔《みのる》は背《せ》が伸《の》びず、それでもいばりちらしていたが、三年《ねん》になると、ぼくらにすれば子《こ》どもが吠《ほ》えているぐらいにしかもはや思《おも》えず、その生意《なまい》気《き》な口調《くちょう》は六年《ねん》になっても相変《あいか》わらずだったが、周囲《しゅうい》からはすっかり子《こ》どもあつかいだった。

クラスで最初《さいしょ》に背《せ》が伸《の》びたのが純一《じゅんいち》であった。五年《ねん》まではぼくらとさほど変《か》わらなかったが、六年《ねん》に入《はい》ると、急激《きゅうげき》に背《せ》が伸《の》びた。この頃《ころ》は、しかし、本人《ほんにん》もその真価《しんか》に気《き》づいていなかったかもしれない。中学《ちゅうがく》に入《はい》る頃《ころ》には反抗期《はんこうき》もあって暴力的《ぼうりょくてき》にもなり、髪《かみ》の毛《け》を逆《さか》立《だ》てたり、染《そ》めたりして、ぼくらが次々《つぎつぎ》背《せ》を伸《の》ばして彼《かれ》を追《お》いこすまでは、さながら番長《ばんちょう》のような風格《ふうかく》だった。

逆《ぎゃく》に最後《さいご》まで背《せ》が伸《の》びなかったのが稔《みのる》だった。彼《かれ》は中学《ちゅうがく》三年《ねん》になると、その上背《うわぜい》は一九〇センチにまで達《たっ》し、高校《こうこう》ではバスケットボールで全国大会《ぜんこくたいかい》にいくほどの人間《にんげん》に進化《しんか》するのだが、この時《とき》はまだ小学《しょうがく》三年程度《ねんていど》の背《せ》かっこうで、バスケットボールなんかやらせたら、両手《りょうて》を思《おも》いっきり伸《の》ばして背伸《せの》びをしてもボールにも触《さわ》れない児童《じどう》であった。

終業式《しゅうぎょうしき》以来《いらい》の校舎《こうしゃ》が見《み》えてくる。たった一週間《しゅうかん》ぐらいのごぶさたでありながら、妙《みょう》に懐《なつ》かしい。グラウンドは登校《とうこう》する児童《じどう》たちであふれている。

校門《こうもん》をくぐると、佐藤和弘《さとうかずひろ》と安曇祐介《あずみゆうすけ》が前方《ぜんぽう》を歩《ある》いていた。

和弘《かずひろ》が転校《てんこう》してきたのは五年《ねん》の時《とき》である。名前《なまえ》は佐藤和弘《さとうかずひろ》だが、帰国子女《きこくしじょ》で、たしか父親《ちちおや》がアメリカ人《じん》だった。ハーフというよりほぼ外国人《がいこくじん》に見《み》えた。日本語《にほんご》は日本《にほん》のアニメで覚《おぼ》えたという。純一《じゅんいち》が助走《じょそう》をつけて和弘《かずひろ》の背中《せなか》に、あいさつ代《が》わりのドロップキックを見《み》舞《ま》った。さっきよりさらにきれいに決《き》まった。和弘《かずひろ》の身体《からだ》は宙《ちゅう》を舞《ま》い、グラウンドに転《ころ》がった。

「いてえな！」

和弘《かずひろ》は激怒《げきど》した。そもそも冗談《じょうだん》がまったく通用《つうよう》しないタイプである。このやろうと叫《さけ》びながら純一《じゅんいち》に飛《と》びげりを挑《いど》んだが、かわされて自爆《じばく》し、地面《じめん》に転《ころ》がった。ぼくらは無慈悲《むじひ》にも声《こえ》をあげて笑《わら》った。興奮《こうふん》した稔《みのる》が意味《いみ》のない側転《そくてん》を繰《く》りかえした。その稔《みのる》をあわやひきそうになりながら、一台《だい》の自転車《じてんしゃ》が通《とお》りすぎた。担任《たんにん》の三浦先生《みうらせんせい》だった。

「こら！　こんなとこで側転《そくてん》なんかやめなさい！」

稔《みのる》はひかれそうになったことに気《き》づいてもおらず、ただ叱《しか》られたのが気《き》に入《い》らなかったのか、突如走《とつじょはし》りだし、三浦先生《みうらせんせい》の自転車《じてんしゃ》の荷台《にだい》に飛《と》びのった。そして、胸《むね》を触《さわ》って戻《もど》ってきた。

「もんだぜ！」

三浦先生《みうらせんせい》は自転車《じてんしゃ》を止《と》めて怒鳴《どな》る。

「こら！　すけべ！」

ぼくらはまた大笑《おおわら》いする。三浦先生《みうらせんせい》が再《ふたた》び自転車《じてんしゃ》を走《はし》らせると、今度《こんど》は純一《じゅんいち》が同《おな》じことをした。走《はし》って自転車《じてんしゃ》に追《お》いつくと、荷台《にだい》に飛《と》びのる。稔《みのる》よりはるかに大《おお》きな体重《たいじゅう》がのしかかった反動《はんどう》で前輪《ぜんりん》が宙《ちゅう》に浮《う》き、三浦先生《みうらせんせい》は、きゃあと悲鳴《ひめい》を上《あ》げた。その隙《すき》に純一《じゅんいち》は三《み》浦先生《うらせんせい》の脇《わき》の下《した》から手《て》を入《い》れて胸《むね》のあたりを触《さわ》る。そして、逃《に》げる。三浦先生《みうらせんせい》が自転車《じてんしゃ》を止《と》めて、また怒鳴《どな》る。

「こらー！」

純一《じゅんいち》はへらへらしながら戻《もど》ってきた。

「もんだぜ！」

低学年《ていがくねん》のように小《ちい》さい稔《みのる》のいたずらは無邪気《むじゃき》に笑《わら》えたのだが、純一《じゅんいち》がそれをやるには大人《おとな》すぎた。何《なに》か見《み》てはいけないものを見《み》てしまった気《き》がしたが、本人《ほんにん》はそのことにまったく気《き》づいていなかった。

教室《きょうしつ》のムードはどこかいつもと違《ちが》っていた。懐《なつ》かしい顔《かお》を見《み》ると、なにか数年《すうねん》ぶりの再《さい》会《かい》のようでもあり、皆《みな》が妙《みょう》に興奮《こうふん》し、どこかよそよそしかった。わずか一週間《しゅうかん》のブランクでありながら、どうも低学年時代《ていがくねんじだい》のように無邪気《むじゃき》に再会《さいかい》できない、いつまでも子《こ》どものままではいられない、そんな思《おも》いが充満《じゅうまん》した最終学年《さいしゅうがくねん》の教室《きょうしつ》であった。

すでになずなは自分《じぶん》の席《せき》についていた。ぼくのことなんかまるで他人《たにん》のようだった。まるであの土日《どにち》のことなど忘《わす》れてくれと言《い》わんばかりだった。

いつの間《ま》にか隣《となり》にいた祐介《ゆうすけ》がぼくの肩《かた》に手《て》を回《まわ》した。そして、ぼくに耳《みみ》打《う》ちする。

「おれ、今日《きょう》、なずなに告白《こくはく》していい？」

どきりとした。

祐介《ゆうすけ》のことは一年《ねん》の頃《ころ》から知《し》ってはいたが、同《おな》じクラスになったのは六年《ねん》が初《はじ》めてだった。彼《かれ》の家《いえ》は安曇医院《あずみいいん》という内科小児科医院《ないかしょうにかいいん》で、ぼくらは皆《みな》、小《ちい》さな頃《ころ》からこの病院《びょういん》の世《せ》話《わ》になって育《そだ》った。そういう引《ひ》け目《め》もあってか、皆《みな》、彼《かれ》に一目置《いちもくお》いている。日頃《ひごろ》から、「なずなに告白《こくはく》する」が口《くち》ぐせだったが、かつて一度《いちど》もそれを実行《じっこう》に移《うつ》したことはない。

「告白《こくはく》していい？」

「だから、すりゃあいいって言《い》ってんだろ、一億万年前《おくまんねんまえ》から！」

「だから、協力《きょうりょく》してほしいの、きっかけをね、作《つく》ってほしいの！」

そこに和弘《かずひろ》がやってくる。

「おい、今日行《きょうい》くだろ？　花火大会《はなびたいかい》」

その和弘《かずひろ》に、後《うし》ろから稔《みのる》が、えい、と弱々《よわよわ》しい蹴《け》りをお見舞《みま》いした。

「花火大会《はなびたいかい》なんてあんなの、ガキの行《い》くもんだぜ」

そんな稔《みのる》のひょろっとした首《くび》に純一《じゅんいち》がヘッドロックをかける。

「おめえは、いつから大人《おとな》になったんだよ！」

そういえば去年《きょねん》の花火大会《はなびたいかい》もこの顔《かお》ぶれだった。

担任《たんにん》の三浦先生《みうらせんせい》が実験《じっけん》キットを持《も》って教室《きょうしつ》に入《はい》ってきた。児童《じどう》たちがいっせいにそれぞれの席《せき》に着《つ》く。朝《あさ》のあいさつが終《お》わると、先生《せんせい》は窓《まど》ぎわの児童《じどう》たちにカーテンを閉《し》めさせ、皆《みな》を教壇《きょうだん》の周《まわ》りに集《あつ》めた。

「さあ、みなさん、花火《はなび》にはどうしていろんな色《いろ》があるか知《し》ってますか？」

先生《せんせい》はアルコールランプに火《ひ》をつけ、ピンセットで何《なに》かをつまむと、その炎《ほのお》の先《さき》にかざした。そのたびに炎《ほのお》の色《いろ》が変《か》わる。赤《あか》だったり青《あお》だったり緑《みどり》だったり。そのたびに教室《きょうしつ》に小《ちい》さな歓声《かんせい》が響《ひび》いた。

「ほーら、炎《ほのお》の色《いろ》が一つひとつ違《ちが》うでしょ？」

ぼくは祐介《ゆうすけ》の陰《かげ》にかくれて、なずなを盗《ぬす》み見《み》た。だれもがアルコールランプの炎《ほのお》に集中《しゅうちゅう》しているのに、なずなはひとりうつむいていた。その長《なが》いまつ毛《げ》に心奪《こころうば》われそうになる。

「きれいでしょ？」

先生《せんせい》は炎《ほのお》の色《いろ》のことを言《い》ったのだが、なずなのことかと思《おも》った。限《かぎ》りなく透明《とうめい》なアルコールの炎《ほのお》の色《いろ》が不意《ふい》に真《ま》っ赤《か》に輝《かがや》き、先生《せんせい》の顔《かお》を赤《あか》く染《そ》めあげた。その反映《はんえい》はきっとなずなの顔《かお》も美《うつく》しく照《て》らしているはずだった。ぼくはちらっとなずなを見《み》た。息《いき》をのんだ。なずなはぼくを見《み》ていた。厳《きび》しい眼差《まなざ》しでにらんでいた。何《なに》かを訴《うった》えかけるように。大《おお》きな瞳《ひとみ》の中《なか》に、赤《あか》い炎《ほのお》がチロチロと輝《かがや》いていた。ぼくは耐《た》えきれず視線《しせん》をそ

らした。心臓《しんぞう》が激《はげ》しく脈打《みゃくう》った。

カーテンを開《あ》けると、三浦先生《みうらせんせい》は黒板《こくばん》に『元素《げんそ》』と書《か》いた。

「元素《げんそ》って言《い》うのは中学校《ちゅうがっこう》の理科《りか》でくわしく習《なら》うことになるけど、いろんな物質《ぶっしつ》の名前《なまえ》だと思《おも》ってください。酸素《さんそ》、水素《すいそ》、みんな元素《げんそ》です。鉄《てつ》も、金《きん》も、銅《どう》も、みんな元素《げんそ》です。この元素《げんそ》は、種類《しゅるい》によって燃《も》える色《いろ》が違《ちが》うわけ。ナトリウムも銅《どう》もカリウムも、それぞれ決《き》まった色《いろ》で発光《はっこう》するのね。これを」

和弘《かずひろ》が手《て》を上《あ》げて叫《さけ》んだ。

「炎色反応《えんしょくはんのう》！」

「あら、よく知《し》ってたわね」

和弘《かずひろ》は得意《とくい》げに周《まわ》りを見《み》まわした。特《とく》に祐介《ゆうすけ》には、おれの勝《か》ちだぜ、という視線《しせん》を送《おく》った。しかし、祐介《ゆうすけ》はその視線《しせん》に気《き》づいてもいなかった。祐介《ゆうすけ》の視線《しせん》の先《さき》にいたのは、なずなだった。なずなの視線《しせん》は、自《みずか》らの机《つくえ》の上《うえ》に注《そそ》がれていた。

三浦先生《みうらせんせい》がチョークを黒板《こくばん》に走《はし》らせ、『炎色反応《えんしょくはんのう》』と書《か》いた。

「この、炎色反応《えんしょくはんのう》が花火《はなび》にも応用《おうよう》されているわけ。どうして花火《はなび》にいろんな色《いろ》があるのかわかりましたか？」

三浦先生《みうらせんせい》が皆《みな》にプリントを配《くば》り始《はじ》めた。児童《じどう》たちが次々後《つぎつぎうし》ろに回《まわ》していく。今夜《こんや》の花火《はなび》大会《たいかい》についての注意事項《ちゅういじこう》などが書《か》かれたプリントだった。

「花火大会《はなびたいかい》にはいろんな人《ひと》がきます。変《へん》な人《ひと》にからまれたり誘《さそ》われたりしないように気《き》をつけなくてはいけませんから、みんなこのプリントをよく読《よ》んで、楽《たの》しい花火大会《はなびたいかい》にしてください」

夕方《ゆうがた》になればきっと、連中《れんちゅう》と花火大会《はなびたいかい》を楽《たの》しんでいるだろう。単純《たんじゅん》にそう思《おも》っていた。

第《だい》五章《しょう》　プール

学活《がっかつ》が終《お》わり、教室《きょうしつ》の掃除《そうじ》が始《はじ》まる。廊下《ろうか》に出《で》ると、三浦先生《みうらせんせい》が職員室《しょくいんしつ》に引《ひ》きあげる後《うし》ろ姿《すがた》があり、その後《あと》を追《お》うなずなの姿《すがた》があった。なずなは先生《せんせい》に何《なに》か白《しろ》い封筒《ふうとう》を渡《わた》している。会話《かいわ》の内容《ないよう》は聞《き》こえない。先生《せんせい》が封筒《ふうとう》を受《う》けとると、なずなは何《なに》も言《い》わずにうつむいたままきびすを返《かえ》し、教室《きょうしつ》に戻《もど》った。先生《せんせい》は不思議《ふしぎ》そうに封筒《ふうとう》を開《あ》け、その場《ば》で中身《なかみ》を読《よ》み、ちょっと驚《おどろ》いたような顔《かお》をした。そして、黙《だま》って手紙《てがみ》を折《お》りたたむと、また、封筒《ふうとう》に戻《もど》した。

何《なん》だろう。気《き》になった。いやな胸騒《むなさわ》ぎがした。

するとそこに隣《となり》のクラスの栗田先生《くりたせんせい》が現《あらわ》れて三浦先生《みうらせんせい》に声《こえ》をかけた。

「どうしました？　なんですかそれ？　ラブレターですか？」

「え？……うーん。そうじゃないんですけど」

先生《せんせい》たちは職員室《しょくいんしつ》に向《む》かい、階段《かいだん》の踊《おど》り場《ば》でいったん足《あし》を止《と》めた。三浦先生《みうらせんせい》が栗田先生《くりたせんせい》に手紙《てがみ》を渡《わた》す。ぼくは通行人《つうこうにん》を装《よそお》って、さりげなく階段《かいだん》を駆《か》けおり、二人《ふたり》の横《よこ》を通《とお》りすぎると、階段《かいだん》を降《お》りきったところで、二人《ふたり》の死角《しかく》になる片隅《かたすみ》に位置《いち》取《ど》りした。先生《せんせい》たちの声《こえ》はささやき声《ごえ》だったが、くっきりと聞《き》こえた。

「……離婚《りこん》かあ」

「そうらしいです」

「及川《おいかわ》は母親《ははおや》が引《ひ》きとるんですね」

「そうみたいですねえ。今月中《こんげつちゅう》に転校《てんこう》するって言《い》うんですけどね、夏休《なつやす》みが明《あ》けたらクラスの一人《ひとり》がいなくなってるわけでしょう？　ほかの子《こ》どもたちになんて説明《せつめい》すればいいのか？」

「本当《ほんとう》のこと言《い》えないですよね。何《なに》しろこればっかりは僕《ぼく》たちもなかなか踏《ふ》みこめない領域《りょういき》ですからねえ」

三浦先生《みうらせんせい》の長《なが》いため息《いき》が聞《き》こえた。

「もう、子《こ》どもにこんなもの持《も》たせるなんて」

トイレから祐介《ゆうすけ》が出《で》てきた。

「何《なに》やってんの？　おまえ？」

「え？」

ぼくは戸惑《とまど》った。先生《せんせい》たちが降《お》りてくる。ぼくはごまかすために、祐介《ゆうすけ》に突進《とっしん》し、コブラツイストをかけようとしたが、どうやるのかとっさに思《おも》いうかばず、祐介《ゆうすけ》の手《て》を取《と》ったまま、奇妙《きみょう》な社交《しゃこう》ダンスのような、おかしなパフォーマンスを演《えん》じてしまった。二人《ふたり》の教《きょう》師《し》はこんなぼくと祐介《ゆうすけ》には目《め》もくれず職員室《しょくいんしつ》へと去《さ》った。そして、奇妙《きみょう》なパフォーマンスに付《つ》き合《あ》わされた祐介《ゆうすけ》もまた、ぼくに何《なん》の疑問《ぎもん》も抱《いだ》かず、腕《うで》を振《ふ》りほどくと、ぼくの首《くび》に腕《うで》をからめてヘッドロックを決《き》めた。

「ううう、ギブアップ、ギブアップ！」

ぼくは首《くび》に巻《ま》きついた腕《うで》をタップする。腕《うで》をほどくと祐介《ゆうすけ》が言《い》った。

「な、プールのほう、行《い》ってみね？」

「プール？」

「掃除《そうじ》かったるいじゃん！」

「まあな。でも見《み》つかったら叱《しか》られるぜ」

「見《み》つかったら掃除《そうじ》してましたって言《い》えばいいじゃん」

「そっか。そうだな……」

動揺《どうよう》のあまりぼくは祐介《ゆうすけ》の悪《わる》だくみにうっかり乗《の》ってしまった。夏休《なつやす》みともなれば、開放日《かいほうび》には児童《じどう》たちが水《みず》しぶきを上《あ》げている学校《がっこう》のプールであったが、登校日《とうこうび》の今日《きょう》はだれもいなかった。祐介《ゆうすけ》は用具置《ようぐお》き場《ば》からデッキブラシを二本引《ほんひ》っぱりだし、一本《ぽん》をぼくに手《て》わたし、一本《ぽん》を自分用《じぶんよう》とした。それで掃除《そうじ》をしてますよという猿知恵《さるぢえ》のようなアリバイである。

「だいたい、なんなんだよ登校日《とうこうび》ってさぁ。意味《いみ》わかんねーよ。結局学校《けっきょくがっこう》の掃除《そうじ》させたいだけじゃねえの？」

と、祐介《ゆうすけ》はぼやく。

「しらね」

と、ぼくはそっけない返事《へんじ》をしながら、心《こころ》はなおもここにあらずの状態《じょうたい》であった。

なずなが転校《てんこう》する。そうか、転校《てんこう》するのか。

頭《あたま》の中《なか》では三浦先生《みうらせんせい》たちの会話《かいわ》が幾度《いくど》も鮮明《せんめい》によみがえり、そのたびに心臓《しんぞう》がどくりとわしづかみにされたような心地《ここち》がした。背筋《せすじ》に寒気《さむけ》がした。ショックも大《おお》きかったが、どこかで肩《かた》の荷《に》が降《お》りたような安堵感《あんどかん》もなくはなかった。そして、それがかえって余計《よけい》なずなを気《き》の毒《どく》に思《おも》わしめるのだった。

祐介《ゆうすけ》が水道《すいどう》で何《なに》か黒《くろ》いものを洗《あら》っている。水《みず》をしぼり、広《ひろ》げるとそれは男子用《だんしよう》のスイミングパンツだった。不意《ふい》に祐介《ゆうすけ》は自分《じぶん》の短《たん》パンを脱《ぬ》いで、この水着《みずぎ》をはいた。

「なんでそんなもの持《も》ってきてんだよ？」

「バカ、おれんじゃねえよ。忘《わす》れもんだよ」

「えー、おめえよくそんなもんはけるなあ。だれのかわかんねえのに」

「わかるよ」

祐介《ゆうすけ》は水着《みずぎ》の裏《うら》をめくった。

「『四年《ねん》一組《くみ》……田中《たなか》』。田中《たなか》ンだ」

「田中《たなか》ぜってーちょーイヤじゃん！　もうぜってーそれははきたくねーよ！」

「こんなもん忘《わす》れる田中《たなか》がわりーんだよ。さて、泳《およ》ごうかな。おまえもどう？」

「海《かい》パンねーもん」

「実《じつ》はさ、もう一個《こ》あるんだよ」

祐介《ゆうすけ》は目洗《めあら》い場《ば》に干《ほ》してあった水着《みずぎ》をつまみあげて、中《なか》をのぞいた。

「『三年《ねん》二組《くみ》、つかもと』くん！　つかもとくん、お借《か》りしまーす！」

そう言《い》って祐介《ゆうすけ》は水着《みずぎ》をぼくのほうに放《ほう》り投《な》げた。ぼくはキャッチしない。

「いやだよ、こんなのはきたくねえよ」

すると祐介《ゆうすけ》が、不意《ふい》に真顔《まがお》になってこう言《い》った。

「なんかあった？」

「え？　なにが？」

「なんかおまえ、今日《きょう》ノリが悪《わる》いぜ」

「そ、そんなこたねえよ」

「そんなことあるよ。なんかおめ、ウンコもらしてる？」

「もらしてねえよ！」

ぼくはやけになって三年生《ねんせい》つかもとくんの水着《みずぎ》をはいてプールに飛《と》びこんだ。一瞬《いっしゅん》で蝉《せみ》の声《こえ》と真夏《まなつ》の熱気《ねっき》が消《き》えさり、渦巻《うずま》く泡《あわ》が、青《あお》いプールの底《そこ》が、何《なに》か別《べつ》な世界《せかい》のように思《おも》えた。ぐおんと水《みず》と泡《あわ》に背中《せなか》を押《お》され、振《ふ》りかえると祐介《ゆうすけ》も飛《と》びこんでいた。両目《りょうめ》をめいっぱい閉《と》じて両手《りょうて》と両足《りょうあし》をちぐはぐに動《うご》かして、なんとか泳《およ》いでいる。ぼくはふざけて祐《ゆう》介《すけ》の足《あし》をつかんで、そのままくいっと持《も》ち上《あ》げると、反動《はんどう》で頭《あたま》が沈《しず》む。息継《いきつ》ぎをしようとしても、水《みず》の上《うえ》に頭《あたま》が出《で》ない。祐介《ゆうすけ》はあっさり溺《おぼ》れそうになった。足《あし》がものすごい力《ちから》でぼくの手《て》を振《ふ》りほどき、祐介《ゆうすけ》はなんとか立《た》ち上《あ》がった。続《つづ》けてぼくも水《みず》の外《そと》に顔《かお》を出《だ》すと、祐介《ゆうすけ》はげほっ、げほっとむせている。ぼくは大笑《おおわら》いした。

「ざけんなよ！　死《し》ぬとこだったよ！」

「わりいわりい。おまえ、なんで水《みず》ん中《なか》で目《め》閉《と》じてんだよ」

「バカ、おまえ、塩素《えんそ》が目《め》に悪《わる》いの知《し》らねえの？」

ギギッと鉄《てつ》のきしむ音《おと》がして、だれかが入《はい》ってきた。先生《せんせい》か？　ぼくらはあわててプールから上《あ》がろうとした。

しかし、現《あらわ》れたのは、なんとなずなだった。

「掃除《そうじ》終《お》わったの？」

「え？　いや」

ぼくは返事《へんじ》が浮《う》かんでこなかった。祐介《ゆうすけ》がしどろもどろになりながら言《い》った。

「あの、ちょっと涼《すず》んでから始《はじ》めようと思《おも》ってさ」

「あっそ」

なずなはデッキブラシを拾《ひろ》いあげて黙々《もくもく》と掃除《そうじ》を始《はじ》めた。

「おまえなに？　ここの掃除当番《そうじとうばん》？」と、祐介《ゆうすけ》。

「知《し》らない」

「……知《し》らないって、おまえ」

「さぼってないで掃除《そうじ》しなよ」

ぼくと祐介《ゆうすけ》は顔《かお》を見合《みあ》わせた。意味《いみ》がよくわからない。そもそもここを掃除《そうじ》する義務《ぎむ》はないのだ。しかし、なずなの異様《いよう》に不機嫌《ふきげん》なオーラに気圧《けお》されて、祐介《ゆうすけ》とぼくも不承不承《ふしょうぶしょう》掃除《そうじ》を始《はじ》めた。なずなにデッキブラシをひとつ取《と》られたので、ぼくは用具置《ようぐお》き場《ば》からゴミ取《と》り用《よう》の網《あみ》を出《だ》してきて、プールに浮《う》かんだトンボや虫《むし》をすくった。祐介《ゆうすけ》はデッキブラシをゴルフクラブのように使《つか》って、蝉《せみ》の死骸《しがい》を外《そと》に弾《はじ》きとばした。なずなはしばらくデッキブラシで床《ゆか》をシャカシャカとこすり続《つづ》けていた。その音《おと》が蝉《せみ》の鳴《な》き声《ごえ》と不思議《ふしぎ》なアンサンブルを奏《かな》でていた。やがて音《おと》もやみ、見《み》るとなずなはプールの際《きわ》にあお向《む》けに寝転《ねころ》んでいた。昼寝《ひるね》でも始《はじ》めたのか目《め》を閉《と》じたまま動《うご》かない。

祐介《ゆうすけ》が近《ちか》よってきて言《い》った。

「な、これって、絶好《ぜっこう》のチャンスじゃない？」

「なんの？」

「なずなに告白《こくはく》するさ」

「しろよ！」

「えー、手伝《てつだ》えよ」

「やだよ。行《い》ってこいよ。チャンスじゃん！」

「おおっ！」

祐介《ゆうすけ》がなずなのほうに向《む》かって歩《ある》きだした。プールの縁《ふち》をぎこちなく歩《ある》くうちに、なぜか突然《とつぜん》プールに飛《と》びこんだ。そして、バシャバシャと派手《はで》な飛沫《しぶき》を上《あ》げながら戻《もど》ってきた。

「いやあ、なかなかハードル高《たけ》えよ！」

そう言《い》い残《のこ》して、祐介《ゆうすけ》は頭《あたま》を冷《ひ》やしたかったのか、下手《へた》なクロールを始《はじ》めた。なずなと反対方向《はんたいほうこう》に泳《およ》ぎ、下手《へた》なターンをすると今度《こんど》はなずなのほうに向《む》かって泳《およ》ぎだす。なずなのいる場所《ばしょ》にたどり着《つ》くと、しかし、そのままターンしてまた反対《はんたい》に泳《およ》ぎだす。奇妙《きみょう》な求愛行動《あいこうどう》だった。なずなは寝転《ねころ》んだまま、ポケットからハンカチを出《だ》すと、広《ひろ》げて顔《かお》にのせた。そして、また動《うご》かなくなる。その姿《すがた》は死人《しにん》のようで、ぼくは不安《ふあん》な気持《きも》ちになった。

一陣《いちじん》の風《かぜ》がそのハンカチを吹《ふ》きとばす。ハンカチは宙《ちゅう》を舞《ま》い、プールの水面《すいめん》に落《お》ちた。

「あ！」

ぼくは近《ちか》くに駆《か》けより、網《あみ》でハンカチをすくった。ピンクに白《しろ》の水玉《みずたま》のハンカチだった。

ぼくはそれをつまみあげて、なずなに声《こえ》をかけた。

「ハンカチ、落《お》ちたよ」

なずなは返事《へんじ》をしない。

「これ、ここに置《お》いとくよ」

ぼくはぬれたハンカチをなずなの手《て》の近《ちか》くに置《お》いた。首筋《くびすじ》をアリがはっている。

「おい、アリ」

「取《と》って」

「え？」

「取《と》ってよ」

ぼくは恐《おそ》るおそるなずなに近《ちか》より、なずなに触《ふ》れないように慎重《しんちょう》にアリをつまみあげた。

「取《と》れた」

「ありがと」

なずなは目《め》も開《ひら》かずに礼《れい》を言《い》った。プールのほうを見《み》ると、祐介《ゆうすけ》がこちらに向《む》かって泳《およ》いでくる。ぼくは、そっとなずなから離《はな》れた。祐介《ゆうすけ》はなずなのすぐ近《ちか》くでターンして、また反対側《はんたいがわ》を目指《めざ》す。そして、反対《はんたい》

側《がわ》まで泳《およ》ぎ切《き》ると一息《ひといき》ついた。

「おーい、典道《のりみち》！　五〇メートルやろうぜ！」

「おお！　いいね！」

祐介《ゆうすけ》はあやしむような顔《かお》をして、ぼくをにらんだ。

「どうした？　なんかあった？」

「ないよ。なんで？」

「なんか妙《みょう》に浮《う》かれてるじゃねーか」

「浮《う》かれてねーよ」

「プールにしょんべんした？」

「してねえよ」

「なずなに告白《こくはく》した？」

「してねえよ」

「おまえしたら殺《ころ》すからね」

「だからしてねえって言《い》ってんだろ！」

奇妙《きみょう》な突《つ》っこみは祐介《ゆうすけ》お得意《とくい》の芸風《げいふう》だったが、今日《きょう》はやけに切《き》れ味鋭《あじするど》い。告白《こくはく》などはしてないが、さっきのなずなとのやりとりを思《おも》うと後《うし》ろめたい。

「さ、やるぞやるぞ」

ぼくはそんな気持《きも》ちをごまかすように飛《と》びこみ台《だい》の上《うえ》に立《た》った。祐介《ゆうすけ》がなずなに呼《よ》びかけた。

「おーい、なずな！　審判《しんぱん》やってくれよ」

なずなは答《こた》えない。手《て》を空《そら》にかざして太陽《たいよう》を見《み》ているような素振《そぶ》りだった。

「なずなどうしたの？」と、祐介《ゆうすけ》。

「え？　知《し》らねえよ」

「生理《せいり》？」

「知《し》らねえよ。さ、やろうぜ」

「おれが勝《か》ったらおまえ、何《なに》する？」

「『スラムダンク』の最新刊《さいしんかん》」

「だめ、おれ持《も》ってるもん」

「じゃあ、次《つぎ》に出《で》るやつ」

「絶対《ぜったい》だぜ？」

「いいよ」

「つしゃ」

「おれが勝《か》ったら、おまえ何《なに》する？」

「おまえが勝《か》ったら……」

「うん」

「なずなに告白《こくはく》するよ」

と言《い》うや、祐介《ゆうすけ》はプールにひとり勝手《かって》に飛《と》びこんだ。

「あ、おい、ちょっと待《ま》てよ、おまえ。汚《きたね》えぞ！」

祐介《ゆうすけ》が水《みず》から顔《かお》を出《だ》した。

「嘘《うそ》だよーん」

「次《つぎ》やったらフライングで失格《しっかく》ね」

「マジになんなよ、遊《あそ》びなんだからさ」

祐介《ゆうすけ》はプールから上《あ》がり、再《ふた》び飛《と》びこみ台《だい》に上《のぼ》る。

「なずなを取《と》られるのが嫌《いや》なんだろ」

「だったらおまえ、勝《か》っても負《ま》けても告白《こくはく》しろよな」

突然《とつぜん》、なずなの声《こえ》がした。

「審判《しんぱん》やってあげよっか？　五〇メートル？」

なずなは起《お》きあがって、こちらにやってきた。そして、〝1〟と書《か》かれた飛《と》びこみ台《だい》の上《うえ》に腰《こし》かけた。

「おれが勝《か》ったら、おまえ絶対告白《ぜったいこくはく》な」

ぼくはなずなに聞《き》こえない声《こえ》で祐介《ゆうすけ》に耳打《みみう》ちした。

「おれが勝《か》ったら次《つぎ》の新刊《しんかん》な！」

言《い》い返《かえ》す祐介《ゆうすけ》の声《こえ》は大《おお》きく、なずなにも届《とど》いた。

「なんか賭《か》けてんの？　何賭《なにか》けたの？」

「こいつが勝《か》ったら『スラムダンク』の次《つぎ》の新刊《しんかん》」

「負《ま》けたら？」

きみに告白《こくはく》するのだとは祐介《ゆうすけ》もぼくも言《い》えない。

「さぁ、やるぞ！」

「なによ？」

「やるぞやるぞ！」

「なによ！　じゃあ行《い》くわよ、構《かま》えて！」

ぼくと祐介《ゆうすけ》はスタートの姿勢《しせい》を取《と》る。

「よーい、スタート！」

なずなの合図《あいず》でぼくらはプールに飛《と》びこんだ。五〇メートルの競泳《きょうえい》。二五メートルプールを一往復《おうふく》。正直《しょうじき》、負《ま》ける気《き》がしなかった。負《ま》けるはずがなかった。でも、勝《か》っていいのかな？　おれが勝《か》ったら祐介《ゆうすけ》はなずなに告白《こくはく》するのだ。それはなんかすごくイヤだ。でも、あいつは本当《ほんとう》に告白《こくはく》なんかするだろうか。いつものように口先《くちさき》だけじゃないんだろうか。

そんなことに思《おも》いをめぐらせ、なかなか泳《およ》ぎに集中《しゅうちゅう》できない。それでも、祐介《ゆうすけ》との実力《じつりょく》差《さ》は揺《ゆ》らがなかった。なのにどうして祐介《ゆうすけ》は勝負《しょうぶ》を挑《いど》んできたんだろう。負《ま》けたらあいつは告白《こくはく》するのだ。なるほど、告白《こくはく》したいのか。今回《こんかい》だけは案外本気《あんがいほんき》なのでは？

それよりも、祐介《ゆうすけ》が告白《こくはく》したら、その告白《こくはく》をなずなはどうするだろう。もしなずながその告白《こくはく》を受《う》け止《と》めたら……。

頭《あたま》が真《ま》っ白《しろ》になった。

我《われ》に返《かえ》った時《とき》にはもう二五メートル泳《およ》ぎきっていた。あわててターンしたが、距離《きょり》がつまりすぎていた。ギリギリで一回転《かいてん》する。かかとが壁《かべ》に激突《げきとつ》した。足首《あしくび》が変《へん》な方向《ほうこう》にねじれた。そのまま立《た》ち上《あ》がりそうになったが、足《あし》がついたら負《ま》けだ。我慢《がまん》して、バランスを立《た》て直《なお》し、壁《かべ》を蹴《け》ると、足首《あしくび》に猛烈《もうれつ》な激痛《げきつう》が走《はし》った。ねんざしたかもしれない。気《き》がつくといつの間《ま》にか祐介《ゆうすけ》が前方《ぜんぽう》を泳《およ》いでいる。がむしゃらに両手両足《りょうてりょうあし》を動《うご》かして進《すす》んでいる。泳《およ》ぎ方《かた》はでたらめだが、予想以上《よそういじょう》に速《はや》い。こちらはぶつけた足《あし》が痛《いた》くて水《みず》を蹴《け》れない。痛《いた》くないほうの足《あし》で蹴《け》っても痛《いた》みが走《はし》る。もはや腕《うで》だけで泳《およ》ぐしかない。それでも痛《いた》みがあって伸《の》びやかに腕《うで》を回《まわ》せない。焦《あせ》るほど水《みず》が逃《に》げてゆくようで、どんどんスピードが落《お》ちていく。でもちょっと待《ま》てよ。そのほうがいいのでは？　負《ま》けたら『スラムダンク』の次《つぎ》の新刊《しんかん》を買《か》ってやればいい。勝《か》ってしまったら、あいつはなずなに告白《こくはく》するのだ。

ぼくは力《ちから》を緩《ゆる》めた。そして、ついに祐介《ゆうすけ》にゴールを譲《ゆず》ったのだった。負《ま》けたのだから、もうそこでやめておいてもよかった。でも、それもしゃくにさわるので最後《さいご》まで泳《およ》ぎきった。

「いてて！　ちょっと今《いま》のなし。足思《あしおも》いっきりぶつけちゃって」

見《み》ると、祐介《ゆうすけ》は視線《しせん》を一点《いってん》に注《そそ》ぎながら呆然《ぼうぜん》としていた。その視線《しせん》の先《さき》を見《み》ると去《さ》っていくなずなの後《うし》ろ姿《すがた》が垣間見《かいまみ》えた。何《なに》があったんだろう。なずなはどうして帰《かえ》ってしまったんだろう。なぜ祐介《ゆうすけ》は呆然《ぼうぜん》としてるんだろう。まさかこの短時間《たんじかん》の間《あいだ》にこいつは告白《こくはく》してフラれたのか。

「おまえ告白《こくはく》したの？」

しかし、祐介《ゆうすけ》は首《くび》を横《よこ》にふった。

「する前《まえ》に帰《かえ》っちゃったよ」

なんだそうか。なずならしいと言《い》えばなずならしい。その時《とき》はそんな風《ふう》に考《かんが》えた。そして、少《すこ》し安堵《あんど》したのである。

第《だい》六章《しょう》　破《は》傷《しょう》風《ふう》

チャイムが鳴《な》った。下校《げこう》をうながす合図《あいず》である。ぼくと祐介《ゆうすけ》は勝手《かって》に借《か》りた下級生《かきゅうせい》の水着《みずぎ》を脱《ぬ》ぎ捨《す》て、服《ふく》に着替《きが》えると、プールをあとにした。校舎《こうしゃ》に居残《いのこ》ってる児童《じどう》はまばらだった。取《と》り残《のこ》された気《き》がして、ぼくらは廊下《ろうか》をダッシュして、教室《きょうしつ》に戻《もど》った。だれもいないだろうと思《おも》っていたが、廊下《ろうか》まで響《ひび》くような人《ひと》の声《こえ》がした。純一《じゅんいち》と和弘《かずひろ》と稔《みのる》だった。

ぼくらの顔《かお》を見《み》るなり純一《じゅんいち》が言《い》った。

「なあなあ、花火《はなび》ってさ、横《よこ》から見《み》たら丸《まる》いと思《おも》う？　平《ひら》べったいと思《おも》う？」

何《なん》のことかと思《おも》ったら、打《う》ち上《あ》げ花火《はなび》のことだった。横《よこ》から見《み》たら丸《まる》いのか平《ひら》べったいのか？　ぼくはそんなこと考《かんが》えてみたこともなかったが、何《なん》となく平《ひら》べったい気《き》がしたので、平《ひら》べったいと答《こた》えたが、祐介《ゆうすけ》は丸《まる》いと答《こた》えた。正解《せいかい》は？　と問《と》うと、それで意見《いけん》が分《わ》かれているのだという。純一《じゅんいち》は平《ひら》べったいと思《おも》うし、和弘《かずひろ》は丸《まる》だと主張《しゅちょう》する。和弘《かずひろ》と祐介《ゆうすけ》が丸《まる》ならそっちのほうが正《ただ》しい気《き》がする。しかし、稔《みのる》は実際《じっさい》に平《ひら》べったい花火《はなび》を見《み》たというのだ。

「ほんとだって。去年《きょねん》、じいちゃんの田舎《いなか》で花火大会《はなびたいかい》があってさ、じいちゃんちの庭《にわ》から観《み》たらこんな風《ふう》に曲《ま》がってたよ。こっからじゃ角度《かくど》が悪《わる》いって、じいちゃんも言《い》ってたもん」

「うん、じいちゃんが言《い》ってるなら間違《まちが》いない」

純一《じゅんいち》は稔《みのる》の証言《しょうげん》を支持《しじ》した。それなら何《なに》か賭《か》けようと和弘《かずひろ》が言《い》いだした。何《なに》を賭《か》けるかでまたひとしきり揉《も》めたが、結局《けっきょく》、純一《じゅんいち》の案《あん》が満場一致《まんじょういっち》で可決《かけつ》された。負《ま》けたほうは勝《か》ったほうの夏休《なつやす》みの宿題《しゅくだい》を請《う》け負《お》うというのがその案《あん》である。しかし、花火《はなび》が丸《まる》いか平《ひら》べったいかをどうやって確《たし》かめるのか。そのためには花火《はなび》を横《よこ》から見《み》なければならない。和弘《かずひろ》がアイディアを考《かん》えた。教室《きょうしつ》に貼《は》ってある地図《ちず》を使《つか》って説明《せつめい》した。

「灯台《とうだい》がさ、ほらちょうど海岸《かいがん》真横《まよこ》じゃん？　ってことはなんと、花火《はなび》を真横《まよこ》から見《み》られるってことじゃあーりませんかー？」

バカじゃないのか。せっかくの花火大会《はなびたいかい》にそんなどうでもいいことを調《しら》べに、はるばる灯台《とうだい》なんかに行《い》くなんて。ぼくは正直《しょうじき》そう思《おも》ったが、意外《いがい》にも祐介《ゆうすけ》がこの話《はなし》に乗《の》った。

「行《い》く行《い》く！　な、みんな行《い》こうぜ行《い》こうぜ、おもしろそうじゃねえか、そういうのさ！」

純一《じゅんいち》も夏休《なつやす》みの宿題《しゅくだい》を賭《か》けるなら安《やす》いものだと言《い》い、稔《みのる》も自分《じぶん》の体験《たいけん》を実証《じっしょう》するのに燃《も》えていた。ぼくは内心《ないしん》、行《い》きたくなかった。ある打算《ださん》もあった。花火大会《はなびたいかい》になずながくるかもしれない。会《あ》えるかもしれない。しかし、灯台《とうだい》なんかに行《い》ってしまったら、その機会《きかい》を逃《のが》してしまう。しかし、連中《れんちゅう》はもうすっかりこの計画《けいかく》に夢中《むちゅう》になっていた。こうなるともう断《ことわ》れない。ひとりだけ花火大会《はなびたいかい》に行《い》きたいとは言《い》えない。結局《けっきょく》みんなと一緒《いっしょ》に行《い》くことにした。

学校《がっこう》を出《で》てすぐの三叉路《さんさろ》で、みんなはいったん解散《かいさん》した。家《いえ》に帰《かえ》ると、店《みせ》には本日休業《ほんじつきゅうぎょう》の札《ふだ》がかかっていた。バザーの準備《じゅんび》で父《ちち》も母《はは》もいない。つまりだれもいない。そのつもりで階段《かいだん》を上《のぼ》り、自分《じぶん》の部屋《へや》のドアを開《あ》けると、人《ひと》がいたので仰天《ぎょうてん》した。

「おぉ、びっくりしたー！」

「よっ！」

祐介《ゆうすけ》だった。

「よ、じゃねえよ、何《なに》やってんだよ、てめえ！」

「おまえさ、裏口《うらぐち》の鍵《かぎ》開《あ》けっ放《ぱな》しだったたんだぜ。不用心《ぶようじん》なんだよなぁ、おまえんち」

「だからって、人《ひと》んち勝手《かって》に入《はい》ってくるか？　信《しん》じらんねぇなあ」

「なんだよ、ちゃんとお邪魔《じゃま》しますって言《い》ったぜ？　それにおまえだってどうせ五時《じ》までひまなんだろ？　あれ？　偶然《ぐうぜん》じゃねえか！　おれだって五時《じ》までひまなんだ」

祐介《ゆうすけ》は近《ちか》くにあったアップルジュースを手《て》にした。何日《なんにち》も放置《ほうち》して、カビが浮《う》かんでいたやつだ。ふたを開《あ》けて、ぐいと飲《の》む。

「おい、それ、古《ふる》いぜ！」

言《い》ってはみたものの、手遅《ておく》れだった。祐介《ゆうすけ》はジュースを部屋《へや》めがけて吹《ふ》きだした。

「おまえ、ふけよこら」

ぼくは祐介《ゆうすけ》にティッシュの箱《はこ》を投《な》げつけた。

「すいません」

祐介《ゆうすけ》はしぶしぶ、ティッシュで床《ゆか》をふき始《はじ》める。ぼくも手伝《てつだ》った。何《なに》か変《へん》だ。どうも心《こころ》ここにあらずといった雰囲気《ふんいき》だ。やはりあの時《とき》、フラれたのか？　あのプールで。ぼくが水《みず》の中《なか》にいる間《あいだ》に？　だとしたら本当《ほんとう》は泣《な》きたいのを我慢《がまん》しているのかもしれない。フラれるって本当《ほんとう》のところ、どういう気分《きぶん》になるものなんだろう。そこを聞《き》いてみたい衝動《しょうどう》にも駆《か》られたが、さすがにそれは祐介《ゆうすけ》が気《き》の毒《どく》に思《おも》えたし、その前《まえ》にそんなこと聞《き》いてみる勇気《ゆうき》もなかった。

集合予定《しゅうごうよてい》の五時《じ》まで、ぼくらはゲームをやって時間《じかん》をつぶした。なずなが転校《てんこう》する。そのことを知《し》っているのは、きっとぼくだけだろう。祐介《ゆうすけ》に話《はな》したらどうなるだろう。ショックを受《う》けるだろうか。フラれたんだとしたら、二重《にじゅう》にショックだろう。すでにショックを受《う》けてるんだから同《おな》じことか。ああ、どうして自分《じぶん》は他人《たにん》に対《たい》してはこうもひとごとなんだろう。正直《しょうじき》、祐介《ゆうすけ》が傷《きず》つこうが落《お》ちこもうが、本気《ほんき》で同情《どうじょう》してやる気持《きも》ちにはなれない。それはなぜなんだろう。なぜそれがなずなだと、こんなに胸《むね》が苦《くる》しくなるんだろう。

気《き》がつくと、七分前《ふんまえ》だった。

「そろそろ行《い》こうぜ」

ぼくは切《き》り上《あ》げて立《た》ち上《あ》がった。しかし、祐介《ゆうすけ》はコントローラーを手放《てばな》そうとしない。

「えー！　もうそんな時間《じかん》なの？」

「もう五時《じ》だぞ！　なあ！」

「ちょっと待《ま》って、これクリアしたら」

「ダメだって！」

ぼくは電源《でんげん》を切《き》った。祐介《ゆうすけ》は舌打《したう》ちした。そして、しぶしぶといった具合《ぐあい》に起《お》きあがる。何《なに》をためらっているんだろう。明《あき》らかに行《い》きたくなさそうだ。行《い》きたくないのはぼくも一緒《いっしょ》ではあったが。祐介《ゆうすけ》はやけに重々《おもおも》しいため息《いき》をついた。

「なあ、灯台行《とうだいい》くのやめない？」

「え？」

「花火《はなび》なんて丸《まる》くても平《ひら》べったくてもどっちでもいいじゃん。そう思《おも》わねえ？　灯台《とうだい》まで行《い》くのしんどいじゃん。二人《ふたり》ですっぽかして、浜行《はまい》こうぜ！」

「みんなに悪《わる》いじゃん」

「悪《わる》くねえよ。じゃ、おまえ言《い》ってきてよ」

「え？」

「だからぁ、グラウンド行《い》って、純一《じゅんいち》たちに悪《わる》いって」

「そうだよな。みんなに言《い》っとけば文句《もんく》ないもんな」

「文句《もんく》ねえよ。じゃ、頼《たの》むよ」

「頼《たの》むよって、一緒《いっしょ》に行《い》こうぜ」

「え？」

「なんでおれだけ？　ふざけんなよ」

祐介《ゆうすけ》はまた舌打《したう》ちして、しぶしぶ、しぶしぶ、階段《かいだん》を降《お》り、靴《くつ》をはいた。ぼくはその動《どう》作《さ》に苛立《いらだ》って、祐介《ゆうすけ》を急《せ》き立《た》てた。

「早《はや》く早《はや》く！　遅刻《ちこく》じゃねえかよ！」

「遅《おく》れて行《い》くぐらいがちょうどいいの！」

ゆらゆらと立《た》ち上《あ》がった祐介《ゆうすけ》の背中《せなか》を押《お》して、ぼくは走《はし》ろうとした。

「あいたた！」

突然足《とつぜんあし》が痛《いた》んで、ぼくはしゃがみこんだ。

「いってぇ……」

「どうしたの？」

「今日《きょう》プールでぶつけたとこだよ」

「今日《きょう》？」

「ぶつけたじゃん！」

祐介《ゆうすけ》はなんのことだか分《わ》からない、といった顔《かお》をしている。ぼくは靴下《くつした》を脱《ぬ》いで、かかとを見《み》た。アキレス腱《けん》のところの皮《かわ》がむけて出血《しゅっけつ》していた。ぼくはつばをすりこんだ。祐《ゆう》介《すけ》がのぞきこみ、傷口《きずぐち》を観察《かんさつ》する。

「これ！　破傷風《はしょうふう》かもしれねえぜ」

「破傷風《はしょうふう》？　何《なに》それ？」

「バイキンだよ。手遅《ておく》れだとさ、バイキンが全身《ぜんしん》に回《まわ》って死《し》ぬんだぞ」

「死《し》にやしないだろ？」

「いや、死《し》ぬんだって、マジで！　ね！　おれんち行《い》ってさ、オヤジに診《み》てもらえよ」

祐介《ゆうすけ》はポケットからハンカチを取《と》りだして、傷口《きずぐち》に巻《ま》いてくれた。

「純一《じゅんいち》たちには、おれから言《い》っとくから早《はや》く行《い》ってこい」

「一緒《いっしょ》に来《き》てくれたっていいじゃん！」

「だめだよ。二人《ふたり》とも行《い》っちゃったらさ、みんなどうしたんだろ？　ってなるじゃん」

「あ、そうか」

靴《くつ》をはき直《なお》すと、祐介《ゆうすけ》が僕《ぼく》の背中《せなか》をグイと押《お》した。

「さ、行《い》ってこい！」

今度《こんど》はぼくがしぶしぶ歩《ある》く立場《たちば》になった。行《い》き先《さき》がよりによって、花火大会《はなびたいかい》でもなく、灯台《とうだい》でもなく、病院《びょういん》である。とはいえ死《し》ぬかもしれないと言《い》われてはやむを得《え》ない。祐介《ゆうすけ》の家《いえ》の安曇医院《あずみいいん》は、学校《がっこう》とは反対《はんたい》の方向《ほうこう》だった。

「受付《うけつけ》でおれの名前言《なまえい》っててよ。祐介《ゆうすけ》くんの友達《ともだち》ですって言《い》えば、先《さき》に診《み》てもらえるから」

「ああ、わかった」

「それと、あとさ……」

祐介《ゆうすけ》が駆《か》けてきた。不意《ふい》に神妙《しんみょう》な顔《かお》つきになり、周《まわ》りにだれもいないのに、顔《かお》をこっちに寄《よ》せてきて小《ちい》さな声《こえ》で耳打《みみう》ちした。

「うちになずながいたら、今日行《きょうい》けなくなったって言《い》っといてくれない？」

「何《なに》それ？　どういうこと？」

「いや、そう言《い》えば分《わ》かるから」

「なんでおまえんチにいるの」

「分《わ》かんねえ。いたらでいいから。いなか

ったら言《い》わなくていいから。いなかったら言《い》えねえか、あっは、その時《とき》はその時《とき》で、あっは」

祐介《ゆうすけ》もしどろもどろだ。どういうことだろう？　こいつはフラれたわけではなかったのか。逆《ぎゃく》か。なずなはオッケーしたのか？　一瞬頭《いっしゅんあたま》が真《ま》っ白《しろ》になった。ぼくは思《おも》わず聞《き》いてしまった。

「告白《こくはく》したの？」

「いや、してねえよ。むこうがしてきたんだよ！」

衝撃《しょうげき》。ひゅっと高《たか》いところから飛《と》びおりるような感《かん》じがした。寒気《さむけ》がした。

「……いつ？」

「今日《きょう》。プールで」

「なんて言《い》われたの？　なずなに」

「だから……花火《はなび》行《い》こうって」

落胆《らくたん》、やけくそ、脱力感《だつりょくかん》。その場《ば》に座《すわ》りこみたくもなったが、そんな姿《すがた》を祐介《ゆうすけ》に見《み》せたくもなくて、どうにか踏《ふ》んばった。

自分《じぶん》のすぐそばで、自分《じぶん》の知《し》らないところで、そんなやりとりがあったことが何《なに》よりショックだった。あの場《ば》にいて、おれは単《たん》なる脇役《わきやく》だったのか。なずなの首筋《くびすじ》にアリを見《み》つけて取《と》ってやったりしたのに、あの瞬間《しゅんかん》でさえ、なずなは祐介《ゆうすけ》だったのか。そして、この祐介《ゆうすけ》は行《い》けなくなったって？　それをなずなに伝《つた》えろって？　それをおれが伝《つた》えろって？

怒《いか》りがこみあげてきた。

「行《い》けよ！　なんで行《い》かねえの？」

「みんなに悪《わる》いじゃん」

「何《なに》が!?　全然悪《ぜんぜんわる》くねえよ。行《い》きゃあいいじゃねえかよ」

「嫌《いや》だよぉ！」

「なんで？」

「みっともねえ」

「あれ？　おまえなずなのこと好《す》きなんじゃねえの？」

「なんで？　おれが？」

祐介《ゆうすけ》は目《め》を丸《まる》くした。その目《め》は泳《およ》いでいた。

「シャレだよシャレ！　おまえ、なに？　おれがマジで言《い》ってると思《おも》ったわけ？　なんだよ、ばっかじゃねえの？　あんなブス好《す》きなわけねぇじゃん！」

わけがわからなかった。あまりにもわけがわからなすぎて、殴《なぐ》ろうかと思《おも》ったが、殴《なぐ》る気《き》にもならなかった。

「なあ？　おい、早《はや》く行《い》かないと破傷風《はしょうふう》、悪化《あっか》するぞ、じゃあな」

祐介《ゆうすけ》はグラウンドのほうに向《む》かってスタスタ歩《ある》いて行《い》った。取《と》り残《のこ》されたぼくはやむなく安曇医院《あずみいいん》を目指《めざ》した。

第《だい》七章《しょう》　逃《とう》走《そう》

歩《ある》くたびに傷口《きずぐち》が痛《いた》んだ。なんとか頭《あたま》を整理《せいり》しようと思《おも》ったが、もう駄目《だめ》だった。思考《しこう》力《りょく》がなかった。無理《むり》に考《かんが》えようとすると、膝《ひざ》から力《ちから》が抜《ぬ》けて崩《くず》れ落《お》ちそうだった。医院《いいん》まで十分《ぷん》足《た》らずの道《みち》のりだったが、いつもよりだいぶ時間《じかん》がかかってしまった。

病院《びょういん》のドアを開《あ》け、中《なか》に入《はい》ると、待合室《まちあいしつ》のベンチにたったひとり座《すわ》っている人影《ひとかげ》があった。その人影《ひとかげ》が顔《かお》を上《あ》げ、こちらを見《み》るのがわかった。ぼくは恐《おそ》るおそる、さりげなく、ちらりと、視線《しせん》を送《おく》ると、そこに座《すわ》っていたのは、本当《ほんとう》になずなだった。浴衣姿《ゆかたすがた》。かたわらに、なぜか大《おお》きなスーツケースがある。大《おお》きな瞳《ひとみ》がこちらを見《み》つめている。

ぼくは彼女《かのじょ》を無視《むし》して、受付《うけつけ》に進《すす》む。診察券《しんさつけん》を忘《わす》れた人《ひと》のための白《しろ》い紙《かみ》に名前《なまえ》を書《か》いて、箱《はこ》に入《い》れる。ベンチに座《すわ》ろうかと思《おも》ったが、どうしてもなずなのほうを向《む》くことができず、壁《かべ》に貼《は》ってあるポスターを眺《なが》めながら、呼《よ》ばれるのを待《ま》った。五分《ふん》ほどして診察室《しんさつしつ》に通《とお》された。

祐介《ゆうすけ》は母親似《ははおやに》で、父親《ちちおや》にはあまり似《に》ていない。そのあまり似《に》ていない父親《ちちおや》が傷口《きずぐち》を診《み》てくれた。

「祐介《ゆうすけ》くんが、なんだっけ？……ハショ……ハショなんとかって」

念《ねん》のため祐介《ゆうすけ》に言《い》われたことを説明《せつめい》しようと思《おも》ったが、頭《あたま》がさっぱり働《はたら》いてくれない。

「破傷風《はしょうふう》？」

「あ、はい、そうです。破傷風《はしょうふう》」

「祐介《ゆうすけ》が破傷風《はしょうふう》だって？」

「はい」

「こんなのかすり傷《きず》だよ」

「平気《へいき》なんですか？」

「でも、ま、そんなかすり傷《きず》でも、ほっとくと化膿《かのう》してひどくなることもあるからね」

ナースが薬《くすり》を塗《ぬ》って包帯《ほうたい》を巻《ま》いてくれた。それでおしまいである。診察室《しんさつしつ》を出《で》る。ベンチに座《すわ》って会計《かいけい》を待《ま》つ。なずながすぐそばにいる。伝言《でんごん》を伝《つた》えないと。

「あの……」

ぼくはなずなをちらっと見《み》た。なずなは下《した》を向《む》いたままだった。

「……祐介《ゆうすけ》、こないよ」

なずなをもう一度《いちど》見《み》た。小《ちい》さくため息《いき》をついたかと思《おも》うと、なずなは一言《ひとこと》、

「あ、そう」

と言《い》い、重《おも》そうなスーツケースを抱《かか》えて、待合室《まちあいしつ》から出《で》ていった。ぼくは大《おお》きく息《いき》を吸《す》い、それを大《おお》きく吐《は》いた。虚脱感《きょだつかん》。やりきれない気分《きぶん》だけが残《のこ》った。

受付《うけつけ》のお姉《ねえ》さんに呼《よ》ばれた。

「保険証《ほけんしょう》は?」

「あ、持《も》ってません」

「あら、保険証《ほけんしょう》がないと保険《ほけん》がきかないのよ」

「保険《ほけん》がきかないとどうなるんですか?」

「これ全額《ぜんがく》はらってもらわないといけないいんだけど」

持《も》ち合《あ》わせがなくて困《こま》っていると、明日《あした》保険証《ほけんしょう》を持《も》ってくればいいからと言《い》われ、そのまま帰《かえ》された。

病院《びょういん》を出《で》ると、空《そら》がどんより曇《くも》っていた。雨《あめ》でも降《ふ》りだしそうだ。雨《あめ》になったら花火大《はなびたい》会《かい》は中止《ちゅうし》になるかもしれない。どうせ降《ふ》るなら降《ふ》ってほしかった。花火大会《はなびたいかい》なんて中止《ちゅうし》になってしまえ。

家《いえ》の方向《ほうこう》に歩《ある》きだし、角《かど》を曲《ま》がると、バス停《てい》のところになずなが立《た》っていた。気《き》まずい。下《した》を向《む》いてなずなの前《まえ》を通《とお》りすぎようとすると、なずなが突然《とつぜん》、足並《あしな》みをそろえて歩《ある》きだした。二人《ふたり》が並《なら》んで歩《ある》くかっこうになったので、ぼくはあわてて立《た》ちどまった。なずなはそのまま歩《ある》きながら言《い》った。

「もしきみを誘《さそ》ってたら、どうした？　やっぱり逃《に》げた？」

「え？」

「勝《か》ったほうを誘《さそ》おうと思《おも》ったの。急《きゅう》にそう思《おも》ったの。クロールね、きみが勝《か》つと思《おも》ってた。だから、勝《か》つほうに賭《か》けたのに……」

なずなが振《ふ》りかえる。その眼《め》は涙《なみだ》でうるんでいた。息《いき》をのんだ。胸《むね》が締《し》めつけられた。

「もしきみを誘《さそ》ったら、裏切《うらぎ》らないできてくれた？」

「え？」

「いいや、もう」

なずなはまた前《まえ》を向《む》いて歩《ある》きだす。

なにを言《い》われてるのかよく理解《りかい》できなかったが、ひとつだけ、そのことだけは言《い》いたかった。祐介《ゆうすけ》じゃなくて、おれだったら、おれだったら、おれだったら……。

「裏切《うらぎ》られるの、血筋《ちすじ》みたい」

なずなの声《こえ》はヒグラシのように淋《さび》しく響《ひび》いた。

「おれは……おれは、裏切《うらぎ》らないよ」

なずなが振《ふ》りかえった。

「ほんとかな？」

なずなの顔《かお》にかすかに喜《よろこ》びの表情《ひょうじょう》が見《み》てとれた気《き》がした。しかし、それも束《つか》の間《ま》だった。

不意《ふい》にその表情《ひょうじょう》が険《けわ》しくなった。

「裏切《うらぎ》るよきっと」

なずなは履《は》いていた下駄《げた》をカランカランと鳴《な》らしながら足早《あしばや》に去《さ》っていった。そして、角《かど》を折《お》れ、その姿《すがた》は見《み》えなくなった。その道《みち》を曲《ま》がらずにまっすぐ行《い》けば自分《じぶん》の家《いえ》だ。

もう帰《かえ》ろう。帰《かえ》って昼寝《ひるね》でもしよう。もう何《なに》も考《かんが》えたくない。

一陣《いちじん》の突風《とっぷう》が海《うみ》のほうからやってきて、トウモロコシ畑《ばたけ》の葉《は》を鳴《な》らしながら通《とお》りすぎていった。風《かぜ》がやんで一瞬《いっしゅん》の静寂《せいじゃく》があった。カランカランという音《おと》が遠《とお》くで聞《き》こえた。最初《さいしょ》は空耳《そらみみ》かと思《おも》ったが、だんだんと近《ちか》づいてくる。なずなだ。走《はし》ってる。こっちに向《む》かってくる。そう察《さっ》した瞬間《しゅんかん》、曲《ま》がり道《みち》から本当《ほんとう》になずなが飛《と》びだしてきた。そして、こっちに向《む》かって走《はし》ってくる。

戻《もど》ってきてくれたのか？

一瞬《いっしゅん》そんなことを期待《きたい》した。だが、その期待《きたい》はすぐに打《う》ち砕《くだ》かれた。走《はし》るなずなの後《あと》からだれかが追《お》いかけてきた。その顔《かお》は見《み》たことがある。なずなの母親《ははおや》だ。

なずなは、すれ違《ちが》いざま、ぼくにスーツケースを託《たく》し、そのまま走《はし》りすぎた。なずなの母親《ははおや》はぼくには目《め》もくれずに一直線《いっちょくせん》に娘《むすめ》のあとを追《お》いかけた。ものすごい形相《ぎょうそう》だった。サンダル履《ば》きで走《はし》りにくそうだったが、下駄《げた》のほうがもっと走《はし》りづらい。なずなはすぐに追《お》いつかれ、捕《と》らえられた。

「やめてよ！　離《はな》して！」

なずなの切《き》りさくような声《こえ》が近隣《きんりん》にまで響《ひび》いた。

嫌《いや》がるなずなの手《て》をつかんで、強引《ごういん》に引《ひ》きずり戻《もど》す母《はは》は、やがてまたぼくには目《め》もくれずに目《め》の前《まえ》を通《とお》りすぎてゆく。

「典道《のりみち》くん！」

なずながぼくのT《ティー》シャツの裾《すそ》をつかんだ。T《ティー》シャツは思《おも》いきり伸《の》びた。ぼくには何《なに》もできない。鬼《おに》の形相《ぎょうそう》の母《はは》が振《ふ》りかえった。そして、こっちにやってきた。そして、無言《むごん》でスーツケースをぼくの手《て》からむしり取《と》ろうとした。ぼくは反射的《はんしゃてき》にそれを拒《こば》んだ。ここでやすやすと手放《てばな》してしまったら。それがなずなとの永遠《えいえん》の別《わか》れとなってしまったら。そう思《おも》ったら、せめてこのかばんだけは奪《うば》われまいと無我夢中《むがむちゅう》だった。鬼《おに》の母《はは》は何度《なんど》か奪《うば》いかえそうと試《こころ》みたが、片手《かたて》は逃《に》げようともがくなずなをつかんでいて、かばんを抱《かか》え逃《に》げまわるぼくをもう片方《かたほう》の手《て》だけで追《お》いかけなくてはならず、最後《さいご》には、かばんのほうをあきらめ、きびすを返《かえ》すと、きた道《みち》をたどってまたズンズンと歩《ある》きだした。いやだいやだと泣《な》き叫《さけ》びながら、なずなは鬼《おに》に引《ひ》き立《た》てられていった。ぼくはかばんを高々《たかだか》と掲《かか》げた。これを忘《わす》れてるぞと、これを置《お》いては帰《かえ》れないぞと。母《はは》は振《ふ》りかえりもしなかった。呼《よ》びとめようにも、ぼくは声《こえ》が出《で》なかった。角《かど》を曲《ま》がる瞬間《しゅんかん》、母《はは》の視線《しせん》がこちらに注《そそ》がれた。ぼくはひときわかばんを高《たか》く掲《かか》げてアピールした。

今思《いまおも》えば意味不明《いみふめい》な奇妙《きみょう》な動作《どうさ》であった。

案外《あんがい》、それが成功《せいこう》したのかもしれない。一瞬《いっしゅん》の隙《すき》でも生《う》まれたのか、なずなは母《はは》の手《て》を振《ふ》りきった。反動《はんどう》で母親《ははおや》が前《まえ》につんのめり、地面《じめん》に転倒《てんとう》した。なずなはこちらに向《む》かって走《はし》ってきた。途中《とちゅう》で下駄《げた》を脱《ぬ》ぎ、両手《りょうて》に持《も》った。ぼくはバトンリレーの二番手《ばんて》のようになずなを待《ま》たずに走《はし》りだした。トップスピードに乗《の》ったところでなずなと横《よこ》に並《なら》んだ。ぼくらは死《し》にものぐるいで走《はし》った。角《かど》を曲《ま》がった。ちらっと見《み》ると、母親《ははおや》は道《みち》の途中《とちゅう》を懸命《けんめい》に走《はし》っていた。次《つぎ》の角《かど》を曲《ま》がる時《とき》、母《はは》の姿《すがた》はもう見《み》えなかった。それでもぼくらは走《はし》りつづけ、いくつかの角《かど》を曲《ま》がり、気《き》がついたらバス停《てい》を二つも通《とお》りすぎ、三つ目《め》のバス停《てい》のベンチにそろって座《すわ》りこんだ。二人《ふたり》とも息《いき》ができなかった。ここで捕《つか》まったら、もうお手上《てあ》げだった。今《いま》きた道《みち》を振《ふ》りかえると、遠《とお》くにバスが見《み》えた。

「あ、バスが来《き》た」

バスはぼくらの前《まえ》で停車《ていしゃ》した。自動《じどう》の折《お》り戸《ど》が開《ひら》く。

「あ、乗《の》りません」

と、ぼくが言《い》うと、

「乗《の》ります」

と、なずなは何《なん》のためらいもなくドアステップを駆《か》けあがった。

「え？　どこ行《い》くの？」

「いいから乗《の》って！」

仕方《しかた》なくぼくもスーツケースを抱《かか》えてバスに乗《の》りこんだ。

第《だい》八章《しょう》　爆《ばく》発《はつ》

あの花火大会《はなびたいかい》の翌日《よくじつ》から、夏休《なつやす》みは丸《まる》一か月続《げつつづ》いたが、ぼくは祐介《ゆうすけ》とも純一《じゅんいち》とも和弘《かずひろ》とも稔《みのる》とも会《あ》わなかった。同《おな》じクラスのだれとも遊《あそ》ばなかった。ある意味《いみ》、引《ひ》きこもりのような状態《じょうたい》だったかもしれない。不思議《ふしぎ》なことに、だれからも遊《あそ》びの誘《さそ》いを受《う》けなかった。祐介《ゆうすけ》からも、純一《じゅんいち》からも、和弘《かずひろ》からも、稔《みのる》からも。この町《まち》からみんなが消《き》えてしまったかのような孤独《こどく》な夏休《なつやす》みだった。

お盆《ぼん》になり、東京《とうきょう》から父《ちち》の弟《おとうと》の勝治叔父《かつはるおじ》さんが家族《かぞく》で泊《と》まりにきた。皆《みな》で墓参《はかまい》りに行《い》った。下《した》の子《こ》が意地汚《いじきたな》くすいかを食《た》べすぎて具合《ぐあい》が悪《わる》くなり、一家《いっか》は一日早《にちはや》く東京《とうきょう》に帰《かえ》ってしまった。おぼえている事《こと》なんてそんなものだ。そんな中《なか》で、どこかでなずなはこの町《まち》を去《さ》り、どこか知《し》らない町《まち》に行《い》ってしまった。それがどこなのかも、今《いま》はもうわからない。

九月一日《がっついたち》。二学期《がっき》が始《はじ》まる。久《ひさ》しぶりに再会《さいかい》したクラスメイトたちは、皆《みな》どこか少《すこ》し大人《おとな》びて見《み》えた。純一《じゅんいち》はもともと我《わ》がクラスの第《だい》二次性徴期第《じせいちょうきだい》一号《ごう》であったが、第《だい》二号《ごう》三号《ごう》四号《ごう》五号《ごう》らしきやつらが兆候《ちょうこう》を示《しめ》していた。不思議《ふしぎ》なことに純一《じゅんいち》はそいつらと新《あたら》しいグループを作《つく》っていた。おそらく夏休《なつやす》みのさなかに遊《あそ》びに行《い》ったりして仲《なか》よくなったのだろう。類《るい》は友《とも》を呼《よ》ぶ。和弘《かずひろ》は他《ほか》のオタク仲間《なかま》とつるんでいた。会話《かいわ》の内容《ないよう》を盗《ぬす》み聞《き》くところによれば、夏休《なつやす》みに秋葉原《あきはばら》まで一緒《いっしょ》に行《い》ったのがきっかけのようだった。祐介《ゆうすけ》は不思議《ふしぎ》なことに稔《みのる》と仲《なか》よくなっていた。

稔《みのる》の顔《かお》にはうっすらとあざがあった。

あの日《ひ》、稔《みのる》は家庭用《かていよう》の花火《はなび》キットをどこかで拾《ひろ》い、ぼくらが待《ま》ち合《あ》わせをしたグラウンドで着火《ちゃっか》を試《こころ》みたが、花火《はなび》のひとつが稔《みのる》の顔《かお》の前《まえ》で爆発《ばくはつ》したのだそうだ。火傷《やけど》した稔《みのる》を祐《ゆう》介《すけ》が自分《じぶん》の家《いえ》に連《つ》れていき、稔《みのる》は治療《ちりょう》を受《う》けた。純一《じゅんいち》と和弘《かずひろ》は予定通《よていどお》り灯台《とうだい》まで行《い》った。

お互《たが》いに険悪《けんあく》ではなかったが、それぞれが新《あたら》しいグループを作《つく》った以上《いじょう》、疎遠《そえん》になるのは否《いな》めない。疎遠《そえん》になりながらも、交《か》わす会話《かいわ》もあり、そんな中《なか》で得《え》たあの日《ひ》の彼《かれ》らの動《どう》向《こう》に関《かん》する情報《じょうほう》はこの程度《ていど》だった。

中学校《ちゅうがっこう》に入《はい》り、二年《ねん》の時《とき》に和弘《かずひろ》と、三年《ねん》の時《とき》に稔《みのる》と、そして、高校《こうこう》二年《ねん》で純一《じゅんいち》と同《おな》じクラスになった。めったに小学時代《しょうがくじだい》のことを振《ふ》りかえることはなかったが、ふとしたはずみで、あの花火大会《はなびたいかい》の日《ひ》のことは話題《わだい》になった。稔《みのる》は火傷《やけど》を負《お》ってから、あの夏休《なつやす》みの間《あいだ》じゅう、安曇医院《あずみいいん》に通院《つういん》しなければならず、それもあって祐介《ゆうすけ》の勉強部屋《べんきょうべや》に入《い》り浸《びた》るようになった。二人《ふたり》が仲《なか》よくなったのにはそういう裏事情《うらじじょう》があったようだ。

高校《こうこう》二年《ねん》で再会《さいかい》した純一《じゅんいち》は、ぼくより背《せ》が低《ひく》くなっていた。ぼくらはよく二人《ふたり》でつるむ悪友《あくゆう》となった。ぼくの知《し》らない彼《かれ》らのあの日《ひ》のことを一番《いちばん》くわしく教《おし》えてくれたのはこの高《こう》二の純一《じゅんいち》だった。

そんな彼《かれ》らの情報《じょうほう》を総合《そうごう》すると、あの日《ひ》、彼《かれ》らの間《あいだ》ではこういうことがあったのである。

五時《じ》の集合時間《しゅうごうじかん》に最初《さいしょ》に到着《とうちゃく》したのは純一《じゅんいち》だった。その時点《じてん》で五時《じ》を少《すこ》し過《す》ぎていた。少《すこ》し遅《おく》れて稔《みのる》がやってきた。稔《みのる》はくる途中《とちゅう》の公園《こうえん》で、袋《ふくろ》に入《はい》った花火《はなび》のキットの置《お》き忘《わす》れを見《み》つけ、勝手《かって》に持《も》ってきてしまった。花火《はなび》と一緒《いっしょ》にライターも置《お》き忘《わす》れてあったので、それもくすねてきた。みんなが集《あつ》まったら、どこかでやろうという話《はなし》になった。

やがて和弘《かずひろ》が山登《やまのぼ》りにでも行《い》くようなかっこうで現《あらわ》れる。背中《せなか》には大《おお》きなリュック。片《かた》手《て》にはピッケルまで持《も》っている。そのかっこうに純一《じゅんいち》と稔《みのる》も驚《おどろ》いた。和弘《かずひろ》はみんなが手《て》ぶらなのに驚《おどろ》いた。せっかくの冒険《ぼうけん》なのに、手《て》ぶらはないだろうというわけだ。

「それに灯台《とうだい》まで結構《けっこう》な山道《やまみち》だぜ」

それはみんなも知《し》っていた。灯台《とうだい》まで歩《ある》いて行《い》くのは、低学年《ていがくねん》の時《とき》に遠足《えんそく》で体験《たいけん》している。あんなにつらく楽《たの》しくない遠足《えんそく》はなかった。

三人《にん》はぼくと祐介《ゆうすけ》を待《ま》った。しかし、いつまでたっても現《あらわ》れない。そのうち、稔《みのる》が花火《はなび》をやろうと言《い》いだす。

「こんな時間《じかん》にやったって見《み》えないじゃん。もう少《すこ》し暗《くら》くなってからでいいじゃん」

純一《じゅんいち》がそう言《い》うと、稔《みのる》は駄々《だだ》をこねた。

「じゃ、一個《こ》だけ。一個《こ》だけ！」

純一《じゅんいち》はしぶしぶ許可《きょか》を与《あた》えた。

「一個《こ》だけな」

稔《みのる》は喜《よろこ》んで、中《なか》から一本太《ぽんふと》い花火《はなび》を取《と》りだした。落下傘花火《らっかさんはなび》だった。純一《じゅんいち》が火付《ひつ》け役《やく》になった。ライターで火《ひ》をつけようとしたが、導火線《どうかせん》はしけっていて、なかなか火《ひ》がつかなかったばかりか、そのうち根元《ねもと》から取《と》れてしまった。

和弘《かずひろ》が修理《しゅうり》を試《こころ》みたが、断念《だんねん》した。

「こりゃもうダメだ。ほかのにしろよ」

ちょうどそんな時《とき》に、祐介《ゆうすけ》がやっと到着《とうちゃく》する。

「おせえよ！」

と、純一《じゅんいち》が吠《ほ》える。

「ごめん！　ちょっといろいろあってさ。典道《のりみち》が足《あし》をけがしたんだよ。今《いま》ウチの病院《びょういん》に行《い》かせたんだけど、おれも今《いま》から行《い》ってこようと思《おも》う」

「えー、じゃあ灯台《とうだい》は無理《むり》？」

「悪《わる》いけどちょっとおれは行《い》けないなあ」

「しょうがねえ、しょうがねえ。典道頼《のりみちたの》むわ」

「わかった」

こんなやりとりをしている最中《さいちゅう》、稔《みのる》は失敗《しっぱい》した花火《はなび》を自分《じぶん》なりに修理《しゅうり》していた。そして、直《なお》した気《き》になって、ライターで導火線《どうかせん》に火《ひ》をつけてみた。その炎《ほのお》が穴《あな》の中《なか》の火薬《かやく》に直接引《ちょくせついん》火《か》してしまったのかもしれない。花火《はなび》は稔《みのる》の顔《かお》の至近距離《しきんきょり》で爆発《ばくはつ》した。

パン！

皆《みな》が振《ふ》りかえった。

稔《みのる》はしゃがんだまま動《うご》かなかった。周《まわ》りも何《なに》が起《お》きたのかわからなかった。やがて稔《みのる》がどこから出《だ》しているのかわからないような奇妙《きみょう》な声《こえ》を発《はっ》しながら地面《じめん》の上《うえ》をのたうちまわり始《はじ》めた。駆《か》けよるとその顔《かお》はすごいことになっていた。前髪《まえがみ》が焦《こ》げて縮《ちぢ》れ、顔面《がんめん》は黒焦《くろこ》げだった。何《なに》より彼《かれ》らをおののかせたのは、目玉《めだま》だった。黒目《くろめ》まで真《ま》っ白《しろ》だった。まるで映画《えいが》に出《で》てくるゾンビのようだった。祐介《ゆうすけ》が稔《みのる》のあごを持《も》ち上《あ》げて、診察《しんさつ》まがいのことを始《はじ》めた。

「ありゃー。こいつはひどいや。角膜《かくまく》が溶《と》けて真《ま》っ白《しろ》だわ」

「角膜《かくまく》って何《なに》？」と、純一《じゅんいち》。

「目玉《めだま》だよ」

「目玉《めだま》？……溶《と》けてんの？」

「んー。タンパク質《しつ》だから。目玉焼《めだまや》きと一緒《いっしょ》。熱《ねつ》に弱《よわ》い」

「病院《びょういん》に連《つ》れて行《い》かなきゃ」

和弘《かずひろ》の顔《かお》は青《あお》ざめていた。祐介《ゆうすけ》がとぼけた声《こえ》で言《い》う。

「そうだなあ。どこの病院《びょういん》？」

「おまえんちだよ！　何言《なにい》ってんの」

純一《じゅんいち》は呆《あき》れた。

「おれんち？……ウチはまずいよ」

「何《なん》で？」

「何《なん》でって……みんな叱《しか》られるぜ」

「そんなこと言《い》ってる場合《ばあい》じゃないじゃんよ。早《はや》くしないとこいつ一生目《いっしょうめ》が見《み》えなくなるかもよ」と、和弘《かずひろ》。

「だいじょうぶだよ。こんなの一時的《いちじてき》なもんだからさ。目玉《めだま》は新陳代謝《しんちんたいしゃ》が早《はや》いから、回復《かいふく》も早《はや》いんだ」

後年《こうねん》、純一《じゅんいち》はこの時《とき》のことを回想《かいそう》して、さすが祐介《ゆうすけ》は医者《いしゃ》の息子《むすこ》だったと語《かた》ったが、祐《ゆう》介《すけ》の心《こころ》の内《うち》は知《し》る由《よし》もなかったはずである。この時《とき》、安曇医院《あずみいいん》には、ぼくとなずながいたのである。さらに言《い》えば、問題《もんだい》はぼくでもなく、なずながいたということだ。あの時《とき》、祐介《ゆうすけ》はなずなを見捨《みす》てようとしていた。だから、直接顔《ちょくせつかお》を合《あ》わせるのが嫌《いや》だったに違《ちが》いない。

しかし、事《こと》が事《こと》である。さすがの祐介《ゆうすけ》も稔《みのる》を見捨《みす》てるわけにはいかなかったようだ。

稔《みのる》は、「目《め》が見《み》えないよ～」と言《い》いながら、両手《りょうて》を前《まえ》に突《つ》きだしゾンビのようなかっこうで歩《ある》きだす。その姿《すがた》を見《み》て和弘《かずひろ》と純一《じゅんいち》が笑《わら》いだす。まるで猫《ねこ》が猫《ねこ》じゃらしに無条件《むじょうけん》に反応《はんのう》するように、おもしろいものに遭遇《そうぐう》すると、見境《みさかい》なく浮《う》かれるのが子《こ》どもの性《さが》である。

純一《じゅんいち》と和弘《かずひろ》は、哀《あわ》れな負傷者《ふしょうしゃ》を相手《あいて》にゲラゲラ笑《わら》いながら鬼《おに》ごっこを始《はじ》めた。

それをさえぎりながら、祐介《ゆうすけ》が言《い》った。

「遊《あそ》ぶな遊《あそ》ぶな。わかったわかった。じゃあ、おれが連《つ》れていくよ」

「おれも行《い》く！」と、純一《じゅんいち》が言《い》うと、

「おれも！」と、和弘《かずひろ》も続《つづ》いた。

「いや、だいじょうぶ。おまえらは灯台行《とうだいい》ってくれ。おれ一人《ひとり》でだいじょうぶだから」

「そんなもういいよ灯台《とうだい》なんか」と、純一《じゅんいち》。

「ああ、それどころじゃねえって」と、和弘《かずひろ》。

すると、祐介《ゆうすけ》は不意《ふい》に厳《きび》しい表情《ひょうじょう》になって、こう言《い》った。

「気持《きも》ちはわかる。けど、おまえらが病院《びょういん》に行《い》って何《なに》かできるわけでもないだろ？　こういうことはプロに任《まか》せろ。あとで連絡《れんらく》するよ」

そう言《い》って祐介《ゆうすけ》は、稔《みのる》を連《つ》れて学校《がっこう》をあとにしたという。祐介《ゆうすけ》のあまりの風格《ふうかく》に気圧《けお》されて、純一《じゅんいち》と和弘《かずひろ》は、仕方《しかた》なく予定通《よていどお》り、灯台《とうだい》を目指《めざ》すことにした。

祐介《ゆうすけ》にすれば、せめて稔一人《みのるひとり》ならどうにかなると考《かんが》えたのだろう。なずなに偶然遭遇《ぐうぜんそうぐう》しても、稔《みのる》には見《み》えない。何《なん》なら稔《みのる》のせいにして花火大会《はなびたいかい》に一緒《いっしょ》に行《い》けなくなったということもできただろう。

しかし、祐介《ゆうすけ》はなずなにも、ぼくにも会《あ》わなかった。代《か》わりに遭遇《そうぐう》したのは、乱《みだ》れ髪《がみ》をそのままに、険《けわ》しい顔《かお》で歩《ある》くなずなの母《はは》だった。

稔《みのる》の手《て》をひいて歩《ある》く祐介《ゆうすけ》の姿《すがた》もまた異色《いしょく》であった。そんな二人《ふたり》に、鬼《おに》の母《はは》も声《こえ》をかけずにはいられなかったのだろう。

「どうしたの？　きみたち」

祐介《ゆうすけ》は戸惑《とまど》いながら説明《せつめい》した。

「花火《はなび》が爆発《ばくはつ》して、こいつ顔《かお》やけどしたんです」

「あら大変《たいへん》！　病院連《びょういんつ》れていかないと」

「あ、だいじょうぶです。もうすぐそこなんで」

「安曇医院《あずみいいん》？」

「はい。ぼくんちです」

「あら、安曇先生《あずみせんせい》の息子《むすこ》さん？」

「はい」

「ウチの子知《こし》ってる？」

「え？……いえ。だれですか？」

「及川《おいかわ》なずな」

「……あ、ああ、はい」

祐介《ゆうすけ》はさぞ仰天《ぎょうてん》し、動揺《どうよう》したことだろう。それが顔《かお》に出《で》ないように苦心《くしん》したことだろう。

なずなの母親《ははおや》は病院《びょういん》まで付《つ》きそってくれた。

「この子《こ》は？　なんて名前《なまえ》？」

「笹本稔《ささもとみのる》です」

稔《みのる》が自《みずか》ら自己紹介《じこしょうかい》をした。

「おウチはこの近《ちか》く？」

「ここがどこかわかりません。何《なん》にも見《み》えません」

「ウチの近所《きんじょ》だよ。もうすぐウチだよ」

と、祐介《ゆうすけ》が言《い》うと、

「あ、じゃあそんなに近《ちか》くありません」

稔《みのる》はあさってのほうに顔《かお》を向《む》けながら答《こた》えた。すると、祐介《ゆうすけ》がなずなの母《はは》に、

「ぼく、こいつの家《いえ》わかるんでちょっくら行《い》ってきます！」

祐介《ゆうすけ》は稔《みのる》をなずなの母《はは》に託《たく》し、走《はし》りだした。その姿《すがた》が見《み》えなくなると、のんきな声《こえ》で稔《みのる》が言《い》った。

「あのぼく、電話番号《でんわばんごう》わかりますよ」

「あら！」

病院《びょういん》に着《つ》いたら、稔《みのる》の家《いえ》に電話《でんわ》をすればよかったのである。祐介《ゆうすけ》が走《はし》る必要《ひつよう》はなかった。しかし、そんなこと祐介《ゆうすけ》は百《ひゃく》も承知《しょうち》だったかもしれない。その上《うえ》で別《べつ》な計算《けいさん》をしていたのかもしれない。よりによってなずなの母親《ははおや》に遭遇《そうぐう》してしまい、その母親《ははおや》に付《つ》きそわれて病《びょう》院《いん》まで行《い》くことになってしまったのだ。自分《じぶん》ひとりだったら、稔《みのる》を裏《うら》の勝手口《かってぐち》から院内《いんない》に運《はこ》べただろうが、この母《はは》と一緒《いっしょ》では堂々《どうどう》と表《おもて》から待合室《まちあいしつ》経由《けいゆ》で診察室《しんさつしつ》へと向《む》かわなければならなくなる。もしそこになずながいたら。それだけは何《なん》としてでも避《さ》けたかったはずである。

その真意《しんい》は本人《ほんにん》にしかわからない。ともかく結果的《けっかてき》に祐介《ゆうすけ》は病院《びょういん》に着《つ》く間際《まぎわ》に、その場《ば》から逃《に》げ、稔《みのる》はなずなの母親《ははおや》が安曇医院《あずみいいん》まで連《つ》れていったのである。

ちょうどそれはなずなとぼくがバスに乗《の》って駅《えき》まで行《い》く途中《とちゅう》か、すでに駅《えき》に着《つ》いたぐらいであっただろう。

病院《びょういん》に着《つ》くと、なずなの母親《ははおや》は花火《はなび》が爆発《ばくはつ》して、子《こ》どもが大《おお》やけどを負《お》ったと受付《うけつけ》で声《こえ》を荒《あら》らげた。稔《みのる》はただちに診察室《しんさつしつ》に連《つ》れていかれ、祐介《ゆうすけ》の父親《ちちおや》が診察《しんさつ》した。なずなの母親《ははおや》も立《た》ち会《あ》い、目《め》はだいじょうぶか、失明《しつめい》しないか、と心配《しんぱい》そうにたずねた。目《め》の白《しろ》いのは角膜《かくまく》の表面《ひょうめん》だけが焼《や》けたものだから、数日《すうじつ》で回復《かいふく》するだろうと祐介《ゆうすけ》の父親《ちちおや》は言《い》った。祐介《ゆうすけ》の診断《しんだん》もあながちでたらめではなかった。

稔《みのる》は顔《かお》じゅう薬《くすり》を塗《ぬ》られ、包帯《ほうたい》でぐるぐる巻《ま》きにされ、そして、別室《べっしつ》のベッドに寝《ね》かされた。なずなの母《はは》はしばらく付《つ》きそっていたが、稔《みのる》がうとうとしている間《あいだ》に姿《すがた》が見《み》えなくなっていた。帰《かえ》ってしまったかと思《おも》ったが、しばらくまたうとうとして目《め》をさますと、椅《い》子《す》に座《すわ》ってうたた寝《ね》をしている姿《すがた》があったという。いったん待合室《まちあいしつ》に行《い》き、祐介《ゆうすけ》の帰《かえ》りを待《ま》ちながら時間《じかん》をつぶしていたのかもしれない。待合室《まちあいしつ》で待《ま》つ間《あいだ》、さっきまで娘《むすめ》が座《すわ》っていたベンチに腰《こし》かけていたかもしれない。

そのうち、祐介《ゆうすけ》が稔《みのる》の両親《りょうしん》を連《つ》れてきた。首《くび》から上《うえ》を包帯《ほうたい》で覆《おお》われた息子《むすこ》を見《み》て、母親《ははおや》は卒倒《そっとう》しかかったという。

後日《ごじつ》、稔《みのる》がナースから聞《き》いたところによると、この時《とき》、祐介《ゆうすけ》は奇妙《きみょう》な行動《こうどう》を取《と》っていたという。コソコソと身《み》を潜《ひそ》めるような素振《そぶ》りで勝手口《かってぐち》からあらわれて、待合室《まちあいしつ》に女《おんな》の子《こ》がいないかと聞《き》いたのだという。そして、いたら呼《よ》んでくれと。ナースが、「さっき待合室《まちあいしつ》に浴衣姿《ゆかたすがた》の女《おんな》の子《こ》がいたけど、もう帰《かえ》ったよ」と答《こた》えると、ガッカリするでもなく、まるでそれが合図《あいず》であったかのように、突如《とつじょ》、悠然《ゆうぜん》と中《なか》に入《はい》ってきたのだという。

「きっと彼女《かのじょ》に押《お》しかけられて困《こま》ってたんだ」というのがナースの見解《けんかい》であったが、まさしくその通《とお》りであった。

両親《りょうしん》がきたので、なずなの母親《ははおや》は稔《みのる》にお大事《だいじ》にと声《こえ》をかけ、病室《びょうしつ》を出《で》た。出会《であ》い頭《がしら》に、祐介《ゆうすけ》が現《あらわ》れた。廊下《ろうか》で二人《ふたり》が立《た》ち話《ばなし》をしているのを稔《みのる》が聞《き》いていた。

「あら、きみもありがとうね。あたし帰《かえ》るから」

「あ、はい」

「あと、なずなのこと、いろいろお世話《せわ》になったと思《おも》うけど、ありがとうね」

「あ、いえ」

「もうすぐ引《ひ》っ越《こ》すの。今日《きょう》、学校《がっこう》でみんなにちゃんとさよなら言《い》えた？」

「え？……あ、いや、知《し》りませんでした」

「ほんとに？　何《なに》やってんのかしら。よくわかんないわ。ほんとにあの子《こ》はよくわかんない。ごめんなさいね。じゃ、おばさんからかわりに、お世話《せわ》になりました」

「あ、いえ」

祐介《ゆうすけ》のリアクションは終始淡泊《しゅうしたんぱく》だったそうだ。

ちなみに稔自身《みのるじしん》は、この会話《かいわ》を聞《き》いてもなんとも思《おも》わなかったそうだ。

「あの頃《ころ》、女子《じょし》とかまだ全然興味《ぜんぜんきょうみ》なかったし」

中三《ちゅう》の一九〇センチメートルの稔《みのる》は、そう言《い》って懐《なつ》かしそうに当時《とうじ》を振《ふ》りかえっていた。はたして祐介《ゆうすけ》はどうだったのだろう。どんな思《おも》いだったのだろう。それは謎《なぞ》である。残念《ざんねん》なことに、この日《ひ》の話《はなし》を後《のち》に祐介《ゆうすけ》から聞《き》く機会《きかい》は一度《いちど》も得《え》られなかった。ゆえに彼《かれ》についてわかっていることはかなり断片的《だんぺんてき》である。

なずなの母《はは》を見送《みおく》った祐介《ゆうすけ》は、病室《びょうしつ》に入《はい》ってきて、稔《みのる》の両親《りょうしん》にあいさつをし、出《で》ていった。その日《ひ》の祐介《ゆうすけ》について稔《みのる》がおぼえていたのは、ここまでである。

第《だい》九章《しょう》　バナナ

生《う》まれつき一本気《いっぽんぎ》な純一《じゅんいち》は出発《しゅっぱつ》をためらった。大《おお》やけどをした稔《みのる》を祐介《ゆうすけ》一人《ひとり》に預《あず》け、自《じ》分《ぶん》たちだけ灯台《とうだい》に行《い》くというのは、あまりに冷《つめ》たすぎやしないかと思《おも》ったのである。

「とはいえ、祐介《ゆうすけ》の言《い》うとおりで、自分《じぶん》らが何《なに》かしてやれるわけでもないじゃん。だったらけがが治《なお》ったときに土産話《みやげばなし》でもしてやろうかと」

純一《じゅんいち》はそんな風《ふう》に考《かんが》えた。

「和弘《かずひろ》はもう全然《ぜんぜん》行《い》く気満々《きまんまん》で、あいつの場合《ばあい》、ハナから行《い》かない選択肢《せんたくし》はないのさ。あの態度《たいど》にはムカついたよ」

そう振《ふ》りかえる高校時代《こうこうじだい》の純一《じゅんいち》の表情《ひょうじょう》には、当時《とうじ》の怒《いか》りがよみがえっているように見《み》えた。

その日《ひ》、二人《ふたり》がたどったルートはこうである。

まず、学校《がっこう》から山沿《やまぞ》いに進《すす》み、玉崎神社《たまさきじんじゃ》を抜《ぬ》けてその裏《うら》から山《やま》に入《はい》る。その斜面《しゃめん》をひたすら登《のぼ》ると畑《はたけ》がある。すいか畑《ばたけ》である。この広《ひろ》いすいか畑《ばたけ》を突《つ》きぬけて雑木林《ぞうきばやし》をぐるると、刑部岬《ぎょうぶみさき》という看板《かんばん》が見《み》えてくる。この看板《かんばん》を過《す》ぎたら、あとは坂道《さかみち》をひたすら登《のぼ》れば岬《みさき》の先端《せんたん》にたどり着《つ》き、灯台《とうだい》はそこにある。

「それか、海《うみ》の方《ほう》をぐるっと回《まわ》るルートもあるけど」

「近《ちか》いのはどっち?」

「近《ちか》いのは、玉崎神社経由《たまさきじんじゃけいゆ》だね」

「じゃ、そっちでいいよ」

玉崎神社《たまさきじんじゃ》。

あそこには例年《れいねん》、花火大会《はなびたいかい》にあやかって屋台《やたい》が出《で》る。しかし、そこからでは花火《はなび》はカケラも見《み》えないのである。それでも花火《はなび》の音《おと》を肴《さかな》に一杯《いっぱい》飲《の》みたい飲《の》んだくれが集《あつ》まる。たしかに海岸《かいがん》のほうは混雑《こんざつ》するので、飲《の》みたいだけの人《ひと》にはいい穴場《あなば》である。ただ、二人《ふたり》が到着《とうちゃく》した夕方《ゆうがた》はきっとまだお客《きゃく》もまばらだっただろう。何《なに》か閑散《かんさん》としていてむなしい空気《くうき》が漂《ただよ》う屋台《やたい》で、二人《ふたり》は見知《みし》らぬおじさんにおでんをおごってもらったそうである。そこで花《はな》火《び》の一発目《ぱつめ》が打《う》ち上《あ》がる音《おと》を聞《き》いた。数《かぞ》えるほどの大人《おとな》たちが空《そら》を見上《みあ》げて、始《はじ》まった、始《はじ》まった、と喜《よろこ》んでいる。

和弘《かずひろ》はおでんをおごってくれたおじさんに質問《しつもん》した。

「おじさん、花火《はなび》って横《よこ》から見《み》たら丸《まる》いでしょうか？　平《ひら》べったいでしょうか？」

「なんだい、それ？　クイズかい？」

「どっちでしょう？」

「えーと、なるほどなあ。あれは平《ひら》べったいよなあ」

「やったー！」

純一《じゅんいち》はきっとそこで雄叫《おたけ》びを上《あ》げたに違《ちが》いない。

「で、正解《せいかい》はどっちなんだい？」

「それを調《しら》べに行《い》くんですよ、ぼくら」

和弘《かずひろ》が毅然《きぜん》と答《こた》える。おじさんはさぞ驚《おどろ》いたことだろう。

「そんなものをどうやって調《しら》べるんだい？」

「横《よこ》から見《み》るんですよ」

「横《よこ》からって？」

「灯台《とうだい》から見《み》たらちょうど海岸《かいがん》の真横《まよこ》でしょ？」

「ああ、そりゃそうだ」

話《はなし》を聞《き》いていた屋台《やたい》のおでん屋《や》が口《くち》をはさんだ。

「昔《むかし》、あの灯台《とうだい》から花火《はなび》見《み》たことあるぜ」

純一《じゅんいち》と和弘《かずひろ》は驚《おどろ》いて、「丸《まる》かった？　平《ひら》べったかった？」と詰《つ》めより、おでん屋《や》に一喝《いっかつ》された。

「アホ！　教《おし》えるか！　自分《じぶん》たちの目《め》でしかと見《み》てこい！」

「そうだよ。おまえら、ここでおでんなんか食《く》ってたら、花火大会《はなびたいかい》終《お》わっちまうぞ」

厳《きび》しいおでん屋《や》と酔《よ》っぱらいに見送《みおく》られて、純一《じゅんいち》と和弘《かずひろ》は、おでんもそこそこに玉崎神《たまさきじん》社《じゃ》をあとにした。

神社《じんじゃ》の裏《うら》から山《やま》に入《はい》る。純一《じゅんいち》と和弘《かずひろ》は互《たが》いに無口《むくち》だった。純一《じゅんいち》にとっては花火《はなび》が丸《まる》かろうと平《ひら》べったかろうとどうでもよかった。

「花火《はなび》って一回《いっかい》でいいから横《よこ》から見《み》てみたい。平《ひら》べったいところを見《み》てみたい」

今日《きょう》の放課後《ほうかご》、何気《なにげ》なく言《い》ったこの一言《ひとこと》がそもそもの発端《ほったん》だった。

「なんで平《ひら》べったいの？」

和弘《かずひろ》が食《く》いついた。

「平《ひら》べったいじゃん！」

「なに？　横《よこ》から見《み》たら線《せん》みたいに細《ほそ》く見《み》えるってこと？」

「そうそう。それが見《み》たい！」

すると、和弘《かずひろ》は大笑《おおわら》いした。笑《わら》いすぎて脇腹《わきばら》を押《お》さえたまましばらく動《うご》けなくなった。

「いてていてて、脇腹痛《わきばらいて》え！」

純一《じゅんいち》がその脇腹《わきばら》に蹴《け》りを入《い》れた。

「痛《いて》えな！　何《なに》すんだよ！」

「テメエが笑《わら》ったからだよ」

「だって、花火《はなび》が平《ひら》べったいわけねえじゃん！」

「じゃあなんなんだよ！　四角《しかく》いのかよ？」

「丸《まる》いんだよ！」

「そんなの見《み》ればわかるだろボケ、横《よこ》から見《み》たらどうなんだって言《い》ってんだよ」

「横《よこ》から見《み》たって丸《まる》いんだよ」

すると、話《はなし》を黙《だま》って聞《き》いていた稔《みのる》が割《わ》りこんだ。

「斜《なな》めから見《み》たらどうなんだよ？」

「バカ、斜《なな》めから見《み》たって、どこから見《み》たって丸《まる》いんだよ！」

「なんだよそれ！」

「だから、球体《きゅうたい》だよ、球体《きゅうたい》！」

しかし、純一《じゅんいち》はなかなか理解《りかい》できなかった。子《こ》どもの頃《ころ》からずっとあれは平《ひら》べったいものだと思《おも》いこんでいたので、急《きゅう》にそうじゃないと言《い》われても脳《のう》がついていかない。そんな最中《さなか》に、ぼくと祐介《ゆうすけ》が教室《きょうしつ》に戻《もど》ってきて、こういう展開《てんかい》になったわけだが、純一《じゅんいち》にとってはほかにも一緒《いっしょ》に行《い》く仲間《なかま》がいたから、なんか楽《たの》しそうに思《おも》えてくる気《き》になったのであって、最初《さいしょ》から和弘《かずひろ》と二人《ふたり》っきりだとわかっていたら、間違《まちが》いなく断《ことわ》っていただろう。グラウンドにきてみれば、ぼくは現《あらわ》れないし、稔《みのる》は顔《かお》を火傷《やけど》して、祐介《ゆうすけ》ともどもいなくなってしまった。あの時《とき》に和弘《かずひろ》を置《お》き去《ざ》りにして、さっさと花火大会《はなびたいかい》に行《い》けばよかったのだ。正直《しょうじき》にいえば、純一《じゅんいち》は和弘《かずひろ》が好《す》きではなかった。純一《じゅんいち》は祐介《ゆうすけ》も好《す》きではなかった。和弘《かずひろ》や祐《ゆう》介《すけ》のような、知識《ちしき》をひけらかすガリ勉《べん》タイプは虫唾《むしず》が走《はし》る。その後《ご》、ヤンキーに染《そ》まっていった純一《じゅんいち》を思《おも》えば無理《むり》からぬ好《す》き嫌《きら》いだ。なら、ぼくや稔《みのる》が好《す》きなのかといえば、そうでもなかっただろう。

「なんか気《き》が合《あ》うとかさ、一緒《いっしょ》にいて楽《たの》しいとかさ、いないと淋《さび》しいとかさ、そういう友《ゆう》情《じょう》って小学時代《しょうがくじだい》にはなかったよな」

高校時代《こうこうじだい》の純一《じゅんいち》はそんな風《ふう》に語《かた》っていた。たしかにその通《とお》りだと思《おも》った。あの頃《ころ》の自分《じぶん》たちは、遊《あそ》ぶことが大事《だいじ》であって、ひとりでする遊《あそ》びには友達《ともだち》もいらない。けどひとりではできない遊《あそ》びもあり、そこには協力者《きょうりょくしゃ》がいる。それが友達《ともだち》という存在《そんざい》だ。それは交換可《こうかんか》能《のう》だし、毎年《まいとし》クラス替《が》えで強制的《きょうせいてき》に友達《ともだち》を失《うしな》い続《つづ》けても、傷《きず》ついたり、悲《かな》しんだりすることもなかった。今思《いまおも》えば、そういう風《ふう》に学校《がっこう》に飼《か》いならされていたのかもしれない。

「ちょっと休《やす》もうぜ」

山道《やまみち》の途中《とちゅう》で和弘《かずひろ》が立《た》ちどまった。さっき神社《じんじゃ》でおでんを食《た》べてから十五分《ふん》も経《た》っていなかった。純一《じゅんいち》はいらだつ。どうせ花火《はなび》を確認《かくにん》するなら、さっさとすませて、一刻《いっこく》も早《はや》く海岸《かいがん》に戻《もど》りたい。普通《ふつう》に花火大会《はなびたいかい》を楽《たの》しみたいのだ。屋台《やたい》で焼《や》きそばも食《た》べたいし、射的《しゃてき》もやりたい。そのための小遣《こづか》いまで親《おや》からもらっているのだ。

「おい、休《やす》むなよ」

「ちょっとだけ。ちょっと休憩《きゅうけい》」

和弘《かずひろ》はリュックを降《お》ろして、その上《うえ》に座《すわ》った。花火《はなび》の音《おと》が鳴《な》る。二人《ふたり》は空《そら》を見上《みあ》げたが、何《なに》も見《み》えない。気《き》がつけばあたりはだいぶ暗《くら》くなっている。

「海回《うみまわ》ってりゃ、花火見《はなびみ》ながら行《い》けたんだよな」

和弘《かずひろ》の嫌味《いやみ》に純一《じゅんいち》は、いらっときた。

「こっちのほうが近《ちか》いって言《い》ったのだれだよ？」

「距離《きょり》はこっちが近《ちか》いよ。どっちが近《ちか》いって聞《き》いたのだれだよ？」

「ざけんな！　灯台行《とうだいい》こうって言《い》いだしたのおまえだろ！」

「だから何《なに》？　おれのせい？　そもそもだれかさんが、花火《はなび》が平《ひら》べったいなんて言《い》いだすからこんなことになったんだろ？」

「クソ！　生意気《なまいき》なんだよ！」

純一《じゅんいち》は和弘《かずひろ》のリュックサックを蹴《け》った。すると急《きゅう》に和弘《かずひろ》がキレた。ピッケルを振《ふ》りかざし、純一《じゅんいち》を脅《おど》した。

「生意気《なまいき》ってどういうことだ？　おまえ早生《はやう》まれのくせに！　年下《としした》のくせに！」

「関係《かんけい》ねーよ！　ちょっと早《はや》く生《う》まれたぐらいで威張《いば》るな！」

「うるせ！　戌年《いぬどし》のくせに！」

「うるせ！」

二人《ふたり》は取《と》っ組《く》み合《あ》いのけんかになった。和弘《かずひろ》は純一《じゅんいち》の相手《あいて》にはならなかった。簡単《かんたん》にねじ伏《ふ》せられ、腕《うで》ひしぎ十字固《じゅうじがた》めを決《き》められて悲鳴《ひめい》を上《あ》げながらタップした。

「いてててて！」

「弱《よわ》すぎんだよ、てめえ」

純一《じゅんいち》は起《お》きあがると、ひとりでさっさと歩《ある》きだした。

「おい、ちょっと待《ま》ってくれよ」

和弘《かずひろ》は沸騰《ふっとう》するのも早《はや》いが冷《さ》めるのも早《はや》い。顔面《がんめん》の紅潮《こうちょう》が引《ひ》けばもう怒《おこ》ってもいないのである。しぶしぶリュックを背負《せお》い、純一《じゅんいち》の後《あと》を追《お》った。

ようやく山《やま》を越《こ》えてすいか畑《ばたけ》に出《で》た頃《ころ》には、あたりは真《ま》っ暗《くら》だった。急《きゅう》に開《ひら》けたところに出《で》て、花火《はなび》の音《おと》を少《すこ》し近《ちか》くに感《かん》じた。しかし、相変《あいか》わらず花火《はなび》は影《かげ》も形《かたち》もない。二人《ふたり》はすいか畑《ばたけ》の間《あいだ》のはてしなくまっすぐな道《みち》を、まるで幻《まぼろし》の花火《はなび》を追《お》いかけるように進《すす》んだ。

遠《とお》くに見《み》える雑木林《ぞうきばやし》を抜《ぬ》ければ灯台《とうだい》のある岬《みさき》だ。灯台《とうだい》の明《あ》かりは闇《やみ》にサーチライトのビームを旋回《せんかい》させている。しかし、何分歩《なんぷんある》いても雑木林《ぞうきばやし》は近《ちか》づいてこない。

「ちょっと休《やす》むか」

そう言《い》いだしたのは純一《じゅんいち》のほうだった。二人《ふたり》は用水路《ようすいろ》の上《うえ》の小《ちい》さな橋《はし》の上《うえ》で休憩《きゅうけい》した。

純一《じゅんいち》は軽々《かるがる》と橋《はし》の欄干《らんかん》の上《うえ》に寝《ね》そべった。

「バナナ欲《ほ》しい？」

和弘《かずひろ》はリュックからバナナを取《と》りだし、一本食《ぽんた》べ始《はじ》めた。

「飲《の》み物《もの》もあるけど。チョコとか」

和弘《かずひろ》はそれらを次々出《つぎつぎだ》しては、地面《じめん》に並《なら》べ始《はじ》めた。

「なに、そんな持《も》ってきてんの、ばーか。おいおい、ここで商売《しょうばい》でもすんのかよ？」

「少《すこ》し手伝《てつだ》って食《く》ってよ。重《おも》たいんだよ」

「知《し》らねえよばーか」

和弘《かずひろ》はため息《いき》をつきながら、板《いた》チョコの包装紙《ほうそうし》を破《やぶ》り、銀紙《ぎんがみ》をめくると、チョコはドロドロに溶《と》けていた。

「うわあ、ひでえ」

和弘《かずひろ》はそう言《い》いながら、長《なが》い舌《した》を器用《きよう》に動《うご》かして、溶《と》けたチョコをなめ始《はじ》めた。純《じゅん》一《いち》はおぞましい物《もの》でも見《み》たような顔《かお》をすると、用水路《ようすいろ》につばを吐《は》き捨《す》てた。和弘《かずひろ》はチョコを平《たい》らげ、さらにバナナをもう一本《ぽん》食べた。

「炭酸系《たんさんけい》ある？」

純一《じゅんいち》は欄干《らんかん》から飛《と》びおり、陳列《ちんれつ》されてい

る缶《かん》ジュースを物色《ぶっしょく》した。

「ほら」

和弘《かずひろ》がコーラを一本《ぽん》、純一《じゅんいち》に手《て》わたした。そして、自分《じぶん》は缶《かん》ジュースを開《あ》けてごくごくと飲《の》み、「うわあ、ぬるっ！」と、顔《かお》をしかめた。しかし、あきらめず最後《さいご》まで一気《いっき》に飲《の》み干《ほ》した。それを見《み》た純一《じゅんいち》はコーラを戻《もど》し、ほかに何《なに》かないか探《さが》すと、リュックの中《なか》に水《すい》筒《とう》を見《み》つけた。

「お、これなに？」

「お茶《ちゃ》だよ、お茶《ちゃ》。飲《の》んでいいよ」

「熱《あつ》いの？」

「お茶《ちゃ》は熱《あつ》いよ」

「まあでも、ぬるいコーラ飲《の》むよりはいいかもな。このクソ暑《あつ》い中《なか》、熱《あつ》いお茶《ちゃ》飲《の》むってのはなかなか根性《こんじょう》いるぜ」

そう言《い》いながら、純一《じゅんいち》は水筒《すいとう》のふたにお茶《ちゃ》を注《そそ》ぎこんだ。

「お？」

純一《じゅんいち》は目《め》を輝《かがや》かし、お茶《ちゃ》を一気《いっき》に飲《の》み干《ほ》した。

「冷《つめ》てえ！　うまっ！」

「え？　まじかよ？」

あぐらをかいていた和弘《かずひろ》が跳《は》ねるように立《た》ち上《あ》がった。水筒《すいとう》に入《はい》っていたのはきんきんに冷《ひ》えたハチミツ入《い》りの麦茶《むぎちゃ》だった。

「おれにも！」

「おお！」

純一《じゅんいち》はふたに一杯注《いっぱいそそ》いでやると、和弘《かずひろ》はそれを一気飲《いっきの》みした。

「つめてー！　あー、うめえー！」

そしてふり返《かえ》ると、純一《じゅんいち》が水筒《すいとう》を一気飲《いっきの》みしていた。

「あ、ずる！　それおれんだぞ！」

和弘《かずひろ》は水筒《すいとう》を奪《うば》いとろうとしたが、純一《じゅんいち》は逃《に》げまわりながら、最後《さいご》まで飲《の》み干《ほ》してしまった。

「あー、うまかった！」

「このやろう！」

「嘘《うそ》だよ」

純一《じゅんいち》は水筒《すいとう》を放《ほう》り投《な》げた。和弘《かずひろ》があわてて受《う》けとめると、結構《けっこう》な重《おも》みがあった。飲《の》み干《ほ》したかに見《み》えたのは演技《えんぎ》だった。和弘《かずひろ》は純一《じゅんいち》の友情《ゆうじょう》に感謝《かんしゃ》する様子《ようす》もなく、飢《う》えたハイエナのように水筒《すいとう》にむしゃぶりつき、空《から》になるまでゴクリゴクリと喉《のど》を鳴《な》らした。

「うめえ！　うめえ！」

「さ、行《い》くぞ」

純一《じゅんいち》は先《さき》に歩《ある》きだした。

「ちょっと待《ま》てよ」

和弘《かずひろ》は地面《じめん》の上《うえ》の小《ちい》さな店《みせ》を畳《たた》み、少《すこ》し軽《かる》くなったリュックを背負《せお》い、純一《じゅんいち》の後《あと》を追《お》った。

花火《はなび》の音《おと》はなお遠《とお》く、目《め》の前《まえ》の景色《けしき》は相《あい》も変《か》わらぬすいか畑《ばたけ》がつづくばかりだ。途中《とちゅう》に小《ちい》さな地蔵堂《じぞうどう》があり、その前《まえ》にバナナ一房《ひとふさ》とチョコやお菓子《かし》、缶《かん》ジュース五本《ほん》を供《そな》えて、手《て》を合《あ》わせた。缶《かん》ジュースの一本《ぽん》は、和弘《かずひろ》が飲《の》み干《ほ》した空《あ》き缶《かん》だった。

「おまえそれはゴミだろう」

「気《き》にしない気《き》にしない」

純一《じゅんいち》はバナナ一本《ぽん》と缶《かん》ジュース一本《ぽん》をいただいた。

「あ、お供《そな》え物盗《ものぬす》んだ！」

「もともとおれのもんだろ」

見《み》れば、どれもこれもきっちり人数分《にんずうぶん》のお菓子《かし》と飲《の》み物《もの》が用意《ようい》されていた。きっと和弘《かずひろ》が友達《ともだち》と灯台《とうだい》まで行《い》くんだと言《い》ったら、彼《かれ》の母親《ははおや》がみんなの分《ぶん》のおやつを持《も》たせたに違《ちが》いない。そう思《おも》うと、純一《じゅんいち》はせつない気分《きぶん》でいっぱいになった。本当《ほんとう》ならみんなでこれを食《た》べながら楽《たの》しく灯台《とうだい》を目指《めざ》す今《いま》があったのだ。なんでこんなことになったのか。純一《じゅんいち》は和《かず》弘《ひろ》の母親《ははおや》の心《こころ》づくしに感謝《かんしゃ》し、自分《じぶん》の分《ぶん》だけは、きちんといただいたのだった。そして、和弘《かずひろ》の母親《ははおや》のためにもがんばって灯台《とうだい》まで行《い》こうと、ぬるいジュースを飲《の》み、バナナをほおばりながら、心《こころ》に誓《ちか》ったのだった。

第《だい》十章《しょう》　かけおち

バスの中《なか》の乗客《じょうきゃく》は数《かぞ》えるほどしかいなかった。対向車線《たいこうしゃせん》はひどく渋滞《じゅうたい》していた。花火大会《はなびたいかい》の会場《かいじょう》に向《む》かっていたら、今頃《いまごろ》ぎゅうぎゅう詰《づ》めだったに違《ちが》いない。偶然《ぐうぜん》このバスに乗《の》ったのはいいが、しかし、これでは花火大会《はなびたいかい》から遠《とお》ざかるばかりである。バスは飯岡駅《いいおかえき》を目指《めざ》して走《はし》り続《つづ》ける。

なずなはさっきからずっと無言《むごん》で窓《まど》の外《そと》を眺《なが》めている。何《なに》を考《かんが》えているのか、その表情《ひょうじょう》からは読《よ》みとれない。

「花火大会《はなびたいかい》は？」

とたずねると、なずなは物憂《ものう》げにふり返《かえ》り、

「花火見《はなびみ》たいの？」

と答《こた》えた。

「違《ちが》うの？」

「見《み》たいの？　典道《のりみち》くん」

「なぁ……どこ行《い》くんだよ！」

「どこ行《い》こっか？　どこでもいいよ。典道《のりみち》くんの好《す》きなとこ。東京《とうきょう》？　大阪《おおさか》？」

放《ほう》っておくと途方《とほう》もないことになりそうな不安《ふあん》がよぎった。思《おも》わずなずなの浴衣《ゆかた》の袖《そで》をつかんで引《ひ》いて問《と》いつめた。

「家出《いえで》してきたのか？　家出《いえで》してきたんだろ！」

なずなは答《こた》えない。視線《しせん》を外《そと》の景色《けしき》からそらさない。

「なんでだよ？」

ぼくは浴衣《ゆかた》の袖《そで》を力任《ちからまか》せに引《ひ》っぱった。

「家出《いえで》じゃないよ」

「じゃあ、なに？」

「……かけおち」

「かけおち？」

「かけおちっていうの。こういうの」

不意《ふい》に揺《ゆ》れるバスの通路《つうろ》を歩《ある》きだし、なずなはバスの一番後《いちばんうし》ろの席《せき》に座《すわ》った。そして、ぼくを見《み》た。なんだかうれしそうな顔《かお》をしている。

かけおち……。

その言葉《ことば》に、不安《ふあん》も吹《ふ》きとび、恐怖《きょうふ》がよぎった。身震《みぶる》いがした。以前《いぜん》、なずなが話《はな》していたことを思《おも》いだす。彼女《かのじょ》の母親《ははおや》が結婚前《けっこんまえ》にやろうとしたのが、この〝かけおち〟というやつだった。

「二人《ふたり》で……死《し》ぬの？」

「それは心中《しんじゅう》でしょ」

どちらにしても一大事《いちだいじ》だった。頭《あたま》がパニックになって、何《なに》も考《かんが》えられなかった。バスが停留所《ていりゅうじょ》で止《と》まるたび、降《お》りよう、降《お》りようと思《おも》うのだが、なずなを置《お》いて逃《に》げるなんて、そんな大《だい》それた事《こと》をする勇気《ゆうき》もなかった。

やがてバスが終点《しゅうてん》の飯岡駅《いいおかえき》に着《つ》いた。普段《ふだん》はもう少《すこ》し人影《ひとかげ》のある駅《えき》だが、花火大会《はなびたいかい》のあるこの日《ひ》はひっそりとしていた。バスを降《お》りると、なずなはぼくのことなどお構《かま》いなしで、ロータリーを駆《か》けぬけ、無人《むじん》の駅《えき》に飛《と》びこんだ。ぼくはスーツケースを引《ひ》きずりながら後《あと》を追《お》った。

駅《えき》の構内《こうない》に入《はい》ると、なずなは時刻表《じこくひょう》を見上《みあ》げていた。

「あと三十分《ぷん》だって」

見《み》るとそれは東京方面《とうきょうほうめん》の電車《でんしゃ》だった。

「乗《の》るの？」

しかし、なずなはそれには答《こた》えず、ぼくのT《ティー》シャツの袖《そで》を引《ひ》っぱった。

「ちょっとトイレ。付《つ》き合《あ》ってよ」

プラットホームには公衆《こうしゅう》トイレがあり、トイレの前《まえ》には、出入《でい》り口《ぐち》を隠《かく》す大《おお》きな塀《へい》があった。なずなはこの塀《へい》の陰《かげ》で着替《きが》えた。ぼくは塀《へい》にもたれて、着替《きが》えが終《お》わるのを待《ま》った。

プラットホームには、ぼくらしかいなかった。着替《きが》えをしながらなずなは言《い》った。

「女《おんな》の子《こ》はどこ行《い》ったって働《はたら》けると思《おも》うの。年《とし》ごまかして、十六歳《さい》とか言《い》って」

「見《み》えねえよ」

「そうかなあ？」

「そうだよ」

「こういう十六歳《さい》だっているわよ。どっか探《さが》せば」

「どこで働《はたら》くんだよ？」

「夜《よる》の商売《しょうばい》とか？」

下《した》をのぞくとスカートをはくなずなの足《あし》が塀《へい》の隙間《すきま》から垣間見《かいまみ》えた。急《きゅう》に緊張《きんちょう》してきた。かつて味《あじ》わったことのない気分《きぶん》になってきた。心臓《しんぞう》が重《おも》く脈打《みゃくう》つ。

「わたしがちゃんと養《やしな》ってあげるから安心《あんしん》してよ」

着替《きが》えを終《お》えたなずなが塀《へい》の向《む》こうから現《あらわ》れた。浴衣《ゆかた》を脱《ぬ》ぎ、タンクトップにスカートという出《い》で立《た》ちだった。束《たば》ねた髪《かみ》はおろし、唇《くちびる》がきらきら光《ひか》って見《み》えた。

「どう？　十六歳《さい》に見《み》える？」

夕陽《ゆうひ》に輝《かがや》くその姿《すがた》は、あまりにも神々《こうごう》しくて、ぼくは見《み》てはいけないものを見《み》ているような気《き》がした。目《め》を背《そむ》けることもできなかった。

なずなは空《そら》を見《み》た。暮《く》れてゆく赤《あか》い空《そら》を見《み》ていた。

電車《でんしゃ》が来《く》るまで、ぼくらは待合室《まちあいしつ》のベンチに腰《こし》かけていた。会話《かいわ》らしい会話《かいわ》もなかった。そのうち電車《でんしゃ》の到着時間《とうちゃくじかん》が迫《せま》ってきた。なずなは不意《ふい》に立《た》ち上《あ》がり、

「あ！　切符買《きっぷか》わなきゃ！」

と言《い》って、発券機《はっけんき》に向《む》かった。電車《でんしゃ》の音《おと》がする。ぼくは観念《かんねん》して、スーツケースを抱《かか》えて、立《た》ち上《あ》がった。発券機《はっけんき》からなずなが戻《もど》ってきた。ぼくはなずなから切符《きっぷ》を受《う》けとろうと手《て》を出《だ》した。なずなは両手《りょうて》を後《うし》ろに組《く》んで意味《いみ》ありげな顔《かお》でぼくを見《み》た。ふざけて切符《きっぷ》を渡《わた》さないふりでもしているのかと思《おも》った。

電車《でんしゃ》がホームに入《はい》ってきた。

「切符《きっぷ》は？」

「え？　切符《きっぷ》？　なんの切符《きっぷ》？」

「……電車《でんしゃ》の切符《きっぷ》」

「え？　電車《でんしゃ》？　電車《でんしゃ》がどうかしたの？」

ぼくは今《いま》にも停車《ていしゃ》しようとしている電車《でんしゃ》を指《ゆび》さした。

「あの……電車《でんしゃ》……」

「え？　どこの電車《でんしゃ》？　なんのこと？」

なずなはまるでホームに電車《でんしゃ》なんかいないかのように振《ふ》るまった。そして、反対《はんたい》のバスのロータリーを見《み》た。

「あ、バスきてるじゃん！　帰《かえ》ろう！」

そう言《い》ってなずなは突然《とつぜん》駆《か》けだした。

「おい、どうなってんだよ」

ぼくはスーツケースを抱《かか》え、なずなのあとを追《お》いかけた。なずなが軽《かろ》やかにバスに飛《と》びのる。その足取《あしど》りは妙《みょう》に軽《かる》かった。何《なに》かから解放《かいほう》されたような、吹《ふ》っきれたかのような後《うし》ろ姿《すがた》だった。スーツケースを抱《かか》えて、ぼくもバスに乗《の》りこんだ。乗客《じょうきゃく》は二人《ふたり》っきりだった。

バスはぼくらの町《まち》に向《む》かった。何《なに》が何《なん》だかわからなかったが、ひとまず東京《とうきょう》にかけおちするという大胆《だいたん》な計画《けいかく》は未遂《みすい》に終《お》わったようだった。

帰《かえ》りは渋滞《じゅうたい》に巻《ま》きこまれた。道《みち》は混《こ》んでいるのに、バスの中《なか》は相変《あいか》わらずぼくたち二人《ふたり》っきりだった。一番後《いちばんうし》ろの席《せき》で、なずなはじっと海《うみ》を見《み》つめていた。

「見《み》て！　きれい」

なずなが窓《まど》の外《そと》を指《ゆび》さした。

夕闇《ゆうやみ》に浮《う》かぶ雲《くも》が、花火《はなび》の反映《はんえい》をオーロラのように浮《う》かびあがらせていた。花火《はなび》の音《おと》が遠《とお》くに聞《き》こえていた。

「なんか『銀河鉄道《ぎんがてつどう》』に乗《の》ってるみたい」

ぼくは言葉《ことば》を返《かえ》せなかった。読《よ》んでおけばよかった。ただそれだけを後悔《こうかい》した。

最初《さいしょ》に乗《の》ったバス停《てい》からさらに五つ先《さき》の停留所《ていりゅうじょ》で、ぼくらは降《お》りた。

荻園小学校前《おぎぞのしょうがっこうまえ》。

そこはぼくらの小学校《しょうがっこう》である。なずなは門《もん》の前《まえ》に立《た》ち、振《ふ》りかえって何《なに》か企《たくら》んでいるような顔《かお》をした。

「夜《よる》の学校《がっこう》って入《はい》ったことある？」

「ないよ」

「行《い》ってみようよ！」

夜《よる》の学校探検《がっこうたんけん》。子《こ》どもとはこういうことには目《め》がない。ぼくはもう心身《しんしん》ともに疲《つか》れきっていたはずだが、そんなことさえすっかり忘《わす》れ、嬉々《きき》として、なずなとともに学校《がっこう》に侵入《しんにゅう》した。

校舎《こうしゃ》はさすがに鍵《かぎ》がかかって入《はい》れなかった。窓《まど》の外《そと》から中《なか》をのぞくとだれもいない真《ま》っ暗《くら》な教室《きょうしつ》に机《つくえ》と椅子《いす》だけが整然《せいぜん》と並《なら》んでいる。

「だれか座《すわ》ってたら怖《こわ》いね」

「そりゃ怖《こわ》いよ！」

なずなが余計《よけい》なことを言《い》ったので、急《きゅう》に怖《こわ》くなってきた。そうなるといつもの学校《がっこう》がまるでお化《ば》け屋敷《やしき》である。なずなは妙《みょう》にくっついて歩《ある》くようになる。時々《ときどき》肩《かた》と肩《かた》、腕《うで》と腕《うで》が触《ふ》れる。真《ま》っ暗《くら》な渡《わた》り廊下《ろうか》をくぐり、校舎《こうしゃ》の裏《うら》の花壇《かだん》のせまい通路《つうろ》を歩《ある》く時《とき》、なずなの手《て》はぼくの腕《うで》に触《ふ》れていた。僕《ぼく》は鼻血《はなぢ》がふきだしそうで、実際《じっさい》に手《て》を鼻《はな》に当《あ》てて、血《ち》が出《で》ていないか星明《ほしあ》かりで確認《かくにん》したぐらいだった。

遠《とお》くで花火《はなび》の音《おと》が聞《き》こえている。ここからでは見《み》えないが、大《おお》きな音《おと》がするたびに、ぼくらは空《そら》を見上《みあ》げた。

やがてぼくらはプールにたどり着《つ》いた。鉄《てつ》の扉《とびら》は鍵《かぎ》がかかっていた。ぼくらはフェンスをよじのぼり、中《なか》に入《はい》った。

「これじゃ、泥棒《どろぼう》だよな」

「泥棒《どろぼう》もいいな。泥棒《どろぼう》になろうかな、あたし」

プールサイドに降《お》り立《た》つと、なずなは靴《くつ》を脱《ぬ》いだ。

「何盗《なにぬす》もうか？　この水全部《みずぜんぶ》？」

なずなは裸足《はだし》でプールサイドを走《はし》り、軽《かろ》やかに飛《と》びこみ台《だい》の上《うえ》に飛《と》びのると、しゃがみこんで、プールの中《なか》をのぞきこんだ。

「ねえねえ、見《み》てよ！　墨汁《ぼくじゅう》みたい」

「ちょっと！　声《こえ》がでかいぞ！」

なずなは飛《と》びこみ台《だい》の横《よこ》に座《すわ》ると、足先《あしさき》で水《みず》に触《ふ》れた。

「なんか怖《こわ》いよ」

また、花火《はなび》の音《おと》がした。ぼくは空《そら》を見上《みあ》げた。そして、再《ふたた》びなずなに視線《しせん》を戻《もど》した。一《いっ》瞬《しゅん》、何《なに》が起《お》きているのかわからなかった。なずなが水《みず》の上《うえ》に立《た》っているように見《み》えた。そうではない。水《みず》に入《はい》ろうとしているのだ。飛《と》びこみ台《だい》のグリップを後《うし》ろ手《で》につかみ、膝《ひざ》のあたりまで水《みず》に浸《つ》かっている。スカートが花《はな》びらのように水面《すいめん》に広《ひろ》がる。なずなはそのまゆっくりと水《みず》に入《はい》っていく。そして、するりと頭《あたま》のてっぺんまで水《みず》の中《なか》にのみこまれた。

ぼくはなずなのいた場所《ばしょ》に駆《か》けより、水《みず》の中《なか》をのぞいた。たしかになずなの言《い》うとおり、水《みず》は墨汁《ぼくじゅう》のように真《ま》っ黒《くろ》だ。なずながどこにいるのかさっぱり見《み》えない。

「おーい、おーい！」

ぼくは何度《なんど》か声《こえ》をかけてみたが、水《みず》の中《なか》と外《そと》では聞《き》こえるはずもなかった。不意《ふい》に水《みず》の跳《は》ねる音《おと》がした。見《み》るとプールのちょうど真《ま》ん中《なか》になずなの姿《すがた》があった。

「おい！　信《しん》じらんねえことすんなよな」

なずなは振《ふ》りかえりもせず、答《こた》えもしなかった。ぬれたその顔《かお》は、泣《な》いているようにも見《み》えた。本当《ほんとう》に泣《な》いていたのかもしれない。その涙《なみだ》を洗《あら》い流《なが》すかのように、なずなは自分《じぶん》の顔《かお》に水《みず》を何度《なんど》もかけた。両手《りょうて》で顔《かお》をぬぐい、こっちを振《ふ》りかえった。少《すこ》し笑《わら》ったように見《み》えた。ぼくはどうにも我慢《がまん》できなくなった。なずなはもういなくなってしまうのに、自《じ》分《ぶん》には何《なに》もできないのだ。やりきれない思《おも》いに胸《むね》が張《は》りさけそうになった。でも、何《なに》をしたらいいのかわからなかった。気《き》がついたらプールに飛《と》びこんでいた。なずなに向《む》かって突進《とっしん》していた。なずなを捕《つか》まえようと思《おも》った。なずなは逃《に》げた。追《お》いかけっこを楽《たの》しむように。でも、ぼくは追《お》いかけっこのつもりじゃなかった。本気《ほんき》でなずなを捕《つか》まえようとしていたのだ。捕《つか》まえて、さてどうするつもりだったのか。あの時《とき》のぼくにそこまでの知恵《ちえ》はまるでなかった。

幼稚園《ようちえん》に入《はい》る前《まえ》、幼《おさな》なじみのちーちゃんが引《ひ》っ越《こ》してしまった時《とき》、つらくてつらくて何《なん》日《にち》も元気《げんき》が出《で》なかった。両親《りょうしん》はそんなぼくを典道《のりみち》の初恋《はっこい》だと喜《よろこ》んだが、そういうものではなかった。ちっちゃな子《こ》どもにとって、別《わか》れは死別《しべつ》に近《ちか》いほどつらく苦《くる》しいものだった。拾《ひろ》った子猫《こねこ》が死《し》んだ時《とき》は涙《なみだ》が止《と》まらなかった。なずなもぼくももっと幼《おさな》い子《こ》どもだったら、転校《てんこう》なんて嫌《いや》だ嫌《いや》だと駄々《だだ》をこね、おいおい泣《な》いたことだろう。

そんな感受性《かんじゅせい》が次第《しだい》に失《うしな》われて大人《おとな》というものになるのだとしたら、あの夏《なつ》は、ちょうどそのはじまりの季節《きせつ》だったのかもしれない。

少《すこ》し大人《おとな》になりかけたぼくらは、そうやすやすとは泣《な》かなくなったかわりに、より複雑《ふくざつ》な気持ちをもてあまし、それぞれわけのわからない行動を選ぶようになる。あの日のぼくらのそれぞれの迷走《めいそう》は、そんな風《ふう》にしてこじれていったような気《き》がしてならない。その挙《あ》げ句《く》、ぼくは水《みず》の中《なか》でなずなを追《お》いかけるという奇行《きこう》を演《えん》じてしまった。なずなはそれを鬼《おに》ごっこと勘違《かんちが》いして、笑《わら》いながら、はしゃぎながら、逃《に》げまわり、ぼくも途中《とちゅう》から楽《たの》しくなってしまって、気《き》がつけば本物《ほんもの》の鬼《おに》ごっこになっていた。

水《みず》の中《なか》の鬼《おに》ごっこはキツい。あっという間《ま》にくたびれて、動《うご》けなくなると、ぼくらはあお向《む》けで水《みず》のゆらぎの中《なか》を漂《ただよ》うに身《み》を任《まか》せた。空《そら》には満天《まんてん》の星《ほし》がきらめいていた。

なずなが声《こえ》をあげた。

「あ、北斗七星《ほくとしちせい》！」

「ほんとだ！　……あ、北極星《ほっきょくせい》みっけ！」

「カシオペア！」

「アルタイル、デネブ、ベガみっけ！」

「わし座《ざ》、こと座《ざ》、……えっとあと」

「はくちょう座《ざ》！」

アルタイルはわし座《ざ》、デネブははくちょう座《ざ》、ベガはこと座《ざ》の一等星《とうせい》だ。この三つの星《ほし》をつないで夏《なつ》の大三角形《だいさんかくけい》という。ぼくは六月《がつ》のプラネタリウムを思《おも》いだす。すぐ後《うし》ろの席《せき》になずながいたことを思《おも》いだす。そのなずなは今《いま》、ぼくのすぐ隣《となり》にいる。

たった二人《ふたり》きりで。

なずなが水《みず》の中《なか》のぼくの手《て》をにぎった。ぼくはどきりとした。

「願《ねが》い事《ごと》言《い》ったら、叶《かな》うかなと思《おも》ったけど、もったいないから使《つか》わなかったよ」

何《なん》の話《はなし》かわからなかった。

ひときわ大《おお》きな花火《はなび》の音《おと》が鳴《な》った。

なずなが言《い》った。

「花火《はなび》って横《よこ》から見《み》ると平《ひら》べったいのかな？」

「え？」

振《ふ》りかえると、なずなと一瞬《いっしゅん》目《め》と目《め》が合《あ》った。なずなは再《ふたた》び水《みず》にもぐった。そして、少《すこ》し離《はな》れたところから浮《う》かび上《あ》がってきた。

「今度《こんど》会《あ》えるの二学期《がっき》だね。……楽《たの》しみだね」

なずなが飛《と》びこみ台《だい》のほうに向《む》かって泳《およ》ぎ始《はじ》めた。ゆっくりとぼくから遠《とお》ざかっていった。プールから上《あ》がると、スーツケースをフェンスの向《む》こう側《がわ》に放《ほう》り投《な》げ、自《みずか》らもフェンスを乗《の》りこえた。そして、振《ふ》り向《む》きもせず、さよならも言《い》わずに、スーツケースを引《ひ》きずりながら帰《かえ》っていった。置《お》き去《ざ》りにされたぼくは、自分《じぶん》の右手《みぎて》に視線《しせん》を落《お》とした。にぎったその手《て》を開《ひら》くと、きらきら光《ひか》る玉《たま》がそこにあった。それは、なずなが浜辺《はまべ》で拾《ひろ》った、あの真珠《しんじゅ》に似《に》た玉《たま》だった。

なぜか急《きゅう》に胸《むね》が痛《いた》くなり、思《おも》わず拳《こぶし》でコンコンとその胸《むね》をたたいた。遠《とお》い記憶《きおく》の中《なか》で、幼《おさな》なじみのちーちゃんがいなくなった時《とき》、子猫《こねこ》が死《し》んだ時《とき》、同《おな》じようにこうやって疼《うず》く胸《むね》をコンコンと叩《たた》いたことを思《おも》いだした。

「願《ねが》い事言《ごとい》ったら、叶《かな》うかなと思《おも》ったけど、もったいないから使《つか》わなかったよ」

それはこれの事《こと》だった。もし、この不思議《ふしぎ》な玉《たま》に願《ねが》い事《ごと》を言《い》って叶《かな》うと思《おも》っていたなら、どうしてなずなは使《つか》わなかったんだろう。どうしてこんなものをぼくに残《のこ》していったのだろう。

なずなについて、ぼくがおぼえていることは、ここまでである。

第《だい》十一章《しょう》　花《はな》火《び》

果《は》てがないかと思《おも》われたすいか畑《ばたけ》を制覇《せいは》し、純一《じゅんいち》と和弘《かずひろ》はついに岬《みさき》の麓《ふもと》までやってきた。灯台《とうだい》を示《しめ》す看板《かんばん》が見《み》えた。しかし、ここからまた長《なが》い険《けわ》しい坂《さか》が待《ま》ちうけている。

「急《いそ》ごうぜ！　花火《はなび》終《お》わっちまう」

へたっているかと思《おも》われた和弘《かずひろ》がここに来《き》て気合《きあ》いじゅうぶんだった。純一《じゅんいち》もここまできたら花火《はなび》を見《み》ずには帰《かえ》れない。最後《さいご》の力《ちから》を振《ふ》りしぼって、二人《ふたり》は坂《さか》を登《のぼ》った。周囲《しゅうい》を深《ふか》い森《もり》に囲《かこ》まれ、街灯《がいとう》もなく真《ま》っ暗闇《くらやみ》の中《なか》を、歩《ある》き続《つづ》けた。

しばらくすると、背後《はいご》から軽快《けいかい》に走《はし》る音《おと》が聞《き》こえた。その足音《あしおと》がすぐそばに迫《せま》った頃《ころ》、二人《ふたり》は暗闇《くらやみ》の中《なか》で声《こえ》を聞《き》いた。

「なにやってんだよ。花火《はなび》終《お》わっちまうぞ」

そして、だれかが二人《ふたり》を抜《ぬ》きさっていった。

「祐介《ゆうすけ》！」

純一《じゅんいち》と和弘《かずひろ》が同時《どうじ》にその名前《なまえ》を叫《さけ》んだ。そして、祐介《ゆうすけ》の足《あし》の速《はや》さに信《しん》じられないほど驚《おどろ》いた。稔《みのる》を自宅《じたく》の病院《びょういん》に連《つ》れていってから走《はし》ってここで追《お》いついたのだから、それだけでも驚異的《きょういてき》だったが、自分《じぶん》たちが徒歩《とほ》でもへとへとなところを、やつは平然《へいぜん》と抜《ぬ》きさっていったのである。二人《ふたり》は知《し》る由《よし》もなかったが、稔《みのる》の家《いえ》から両親《りょうしん》を連《つ》れてきたりもしていたのだから、それも加《くわ》えればさらに驚異的《きょういてき》な祐介《ゆうすけ》の走《はし》りだった。自分《じぶん》にむち打《う》つように祐介《ゆうすけ》は坂道《さかみち》を駆《か》けあがっていった。常軌《じょうき》を逸《いっ》した祐介《ゆうすけ》の走《はし》りに純一《じゅんいち》は背筋《せすじ》が寒《さむ》くなった。祐介《ゆうすけ》にとってそれは、なずなを見捨《みす》てた自分《じぶん》に与《あた》えた罰《ばつ》だったのかもしれない。実際《じっさい》、純一《じゅんいち》と和《かず》弘《ひろ》は鬼気迫《ききせま》る祐介《ゆうすけ》の叫《さけ》び声《ごえ》を聞《き》いた。

「おれは及川《おいかわ》なずなが好《す》きだああ！　なずなぁあ！　なずなぁあ！」

それを聞《き》いた純一《じゅんいち》は突如走《とつじょはし》りだした。わけもなく突《つ》き上《あ》げる衝動《しょうどう》に駆《か》られるがままに、吠《ほ》えた。

「三浦先生《みうらせんせ》ぇえ！　三浦晴子先生《みうらはるこせんせ》ぇえ！　晴子《はるこ》ぉお！　晴子《はるこ》ぉお！」

リュックの金具《かなぐ》をチャリチャリ鳴《な》らしながら必死《ひっし》に食《く》いついていた和弘《かずひろ》は、裏声《うらごえ》の雄叫《おたけ》びを闇夜《やみよ》に響《ひび》きわたらせた。

「セーラームーン！　セーラームーン！」

前方《ぜんぽう》から笑《わら》い声《ごえ》が聞《き》こえた。祐介《ゆうすけ》だ。後方《こうほう》から和弘《かずひろ》が叫《さけ》ぶ。

「笑《わら》うな！」

純一《じゅんいち》もおかしくて大声《おおごえ》で笑《わら》った。それから先《さき》は、それぞれが自分《じぶん》の好《す》きな名前《なまえ》を連呼《れんこ》し続《つづ》けた。暗闇《くらやみ》を笑《わら》いながら、走《はし》りながら、叫《さけ》びながら。

先頭《せんとう》の祐介《ゆうすけ》の後《うし》ろ姿《すがた》をとらえた時《とき》、視界《しかい》が一気《いっき》に開《ひら》け、天《あま》の川《がわ》が三人《にん》を出迎《でむか》えた。その壮観《そうかん》な星空《ほしぞら》を三人《にん》は満喫《まんきつ》する余裕《よゆう》はなかった。それぞれに芝生《しばふ》の上《うえ》に転《ころ》がり倒《たお》れ、呼吸《こきゅう》をするのもままならず、そのまま死《し》んでしまうかと思《おも》うほどだった。それでも何《なん》とか起《お》きあがり、這《は》うようにして前進《ぜんしん》した。

灯台《とうだい》の真下《ました》、胸《むね》の高《たか》さまである柵《さく》のところまでたどり着《つ》く。そこが岬《みさき》の先端《せんたん》である。九十九里《じゅうくり》の海岸線《かいがんせん》が垂直《すいちょく》に交《まじ》わる右手《みぎて》には地平線《ちへいせん》、左手《ひだりて》には水平線《すいへいせん》。和弘《かずひろ》が予言《よげん》した通《とお》り、海岸《かいがん》を真横《まよこ》から見《み》る眺望《ちょうぼう》がそこにあった。

しかし、待《ま》てど暮《く》らせど花火《はなび》は上《あ》がらない。三人《にん》は灯台《とうだい》のてっぺんまで登《のぼ》ってみた。十分《ぷん》が過《す》ぎ、十五分《ふん》が過《す》ぎ、さすがにもう現実《げんじつ》を認《みと》めざるを得《え》なかった。花火大会《はなびたいかい》はすでに終《お》わっていたのである。

だが、三人《にん》はそれほどへこたれなかった。ここまでがんばってたどり着《つ》いたことに、ある種《しゅ》の充足感《じゅうそくかん》があったのかもしれない。純一《じゅんいち》がＪ《ジェイ》リーグの主題歌《しゅだいか》を歌《うた》いだすと、祐介《ゆうすけ》も和弘《かずひろ》もそれに続《つづ》いた。歌《うた》いながら、なぜかみんなで灯台《とうだい》の上《うえ》から立《た》ち小便《しょうべん》をした。

その時《とき》である。

海岸《かいがん》に光《ひか》るものが見《み》え、目《め》の前《まえ》にひとつの大輪《たいりん》の花火《はなび》が広《ひろ》がったのである。

ぼくは、ずぶぬれのまま、とぼとぼと家《いえ》に帰《かえ》った。両親《りょうしん》はまだ帰《かえ》っていないようだった。そのまま家《いえ》に入《はい》る気《き》にもならず、ぼくはふらふらと海岸《かいがん》に向《む》かって歩《ある》いた。家《いえ》から十分《ぷん》もかからない距離《きょり》だ。花火《はなび》は終《お》わっていたが、観衆《かんしゅう》はまだたくさん居残《いのこ》って、屋台《やたい》で飲《の》んだり、食《た》べたりしていた。人《ひと》でにぎわうこの場所《ばしょ》が、さっきまでなずなといた世界《せかい》とはまるで別世界《べっせかい》のように思《おも》えた。人混《ひとご》みの中《なか》を、何《なに》をするでもなく歩《ある》いてみた。焼《や》きそばを焼《や》く匂《にお》いに、腹《はら》も空《す》いてきた。そういえば昼《ひる》から何《なに》も食《た》べてなかった。ポケットに財布《さいふ》が入《はい》っていたのを思《おも》いだした。あわてて開《あ》けてみると、案《あん》の定《じょう》、水浸《みずびた》しになっていた。びしょぬれの千円札《えんさつ》が一枚《まい》。シャツでぬぐい、平《たい》らに伸《の》ばした。ひとりでそんなことをしていると、見覚《みおぼ》えのある顔《かお》が向《む》こうから歩《ある》いてきた。担任《たんにん》の三浦先生《みうらせんせい》だった。浴衣姿《ゆかたすがた》で若《わか》い男《おとこ》と手《て》をつないで仲良《なかよ》さそうに歩《ある》いている。

「あ！　三浦先生《みうらせんせい》」

三浦先生《みうらせんせい》はぼくに気《き》づくと、とっさに男性《だんせい》の手《て》を振《ふ》りはらい、彼《かれ》とは他人《たにん》のふりをした。

「島田《しまだ》くん、何《なに》やってるの！　もう遅《おそ》いんだから早《はや》く帰《かえ》りなさいよ」

しかし、彼氏《かれし》は気《き》にもせず、先生《せんせい》を下《した》の名前《なまえ》で呼《よ》び捨《す》てにした。

「なに？　晴子《はるこ》の生徒《せいと》？」

「なんだよ、彼氏《かれし》かよ」

ぼくがからかうと、先生《せんせい》は、「え？　どの人《ひと》？」と、あくまでしらばっくれるのだった。

「早《はや》く帰《かえ》りなさい！」と繰《く》り返《かえ》し、彼氏《かれし》と立《た》ち去《さ》ろうとする先生《せんせい》をぼくは呼《よ》びとめた。

「あ、そうだ、先生《せんせい》。花火《はなび》ってさ、横《よこ》から見《み》たら丸《まる》いの？　平《ひら》べったいの？」

「え？　平《ひら》べったいんじゃないの？」

すると、彼氏《かれし》が口《くち》をはさんだ。

「バカ！　丸《まる》いに決《き》まってんだろ！　生徒《せいと》にいい加減《かげん》なこと教《おし》えんなよ！」

「なんでよー？　平《ひら》べったいじゃない！」

「なんで？　いいか？　あれは火薬《かやく》が爆発《ばくはつ》するんだぞ？　ダイナマイトだってさ、四方八《しほうはっ》方《ぽう》に飛《と》び散《ち》るだろうが」

彼氏《かれし》の説明《せつめい》に納得《なっとく》のいかない先生《せんせい》は、手《て》にしていたうちわを花火《はなび》に見立《みた》てて、説明《せつめい》を始《はじ》めた。

「花火《はなび》がこうあったら、こっちは正面《しょうめん》よ。こっちは横《よこ》よ！　横《よこ》から見《み》たらほら、平《ひら》べったいじゃない！」

「だからそうじゃなくってさ」

はてしない論戦《ろんせん》が続《つづ》きそうだったので、ぼくは二人《ふたり》を置《お》いてその場《ば》を立《た》ち去《さ》った。本当《ほんとう》は焼《や》きそばを買《か》うつもりだったのを思《おも》いだしながら、屋台《やたい》をのぞいたりしていると、三浦《みうら》先生《せんせい》が追《お》いかけてきた。

「島田《しまだ》くーん！」

「どうしたの？」

「いいからいいから、ちょっときてきて」

先生《せんせい》はぼくを連《つ》れて、さっきの場所《ばしょ》に戻《もど》った。そして、あたりを見《み》まわしたが、彼氏《かれし》の姿《すがた》がない。

「あれ？　どこ行《い》っちゃったかな？」

「なんだよ？　フラれたんじゃないの？」

「なにませたこと言《い》ってんの！」

先生《せんせい》はぼくの頭《あたま》を小突《こづ》いた。

ほどなくして彼氏《かれし》が戻《もど》ってきた。法被姿《はっぴすがた》にヘルメットを被《かぶ》ってる男《おとこ》が一緒《いっしょ》だった。

「こちら、花火師《はなびし》のやすさん」

「どうも」

「おれの同級生《どうきゅうせい》だったんだけど、見《み》えないだろ」

「こら、まことと！　大《おお》きなお世話《せわ》だ！」

彼氏《かれし》のまことさんは、三浦先生《みうらせんせい》と激論《げきろん》をたたかわせるうち、やすさんの事《こと》を思《おも》いだしたのである。そこでちょうど仕事《しごと》を終《お》えて、後片付《あとかたづ》けをしていた彼《かれ》に声《こえ》をかけて連《つ》れてきたのだった。なるほど花火師《はなびし》なら答《こた》えを知《し》ってるはずである。ところが、このやすさん、ちょっと面倒《めんどう》くさい人《ひと》で、事情《じじょう》を聞《き》いてもすぐには正解《せいかい》を教《おし》えてくれなかった。なら、実際《じっさい》に実験《じっけん》してみようと言《い》いだしたのである。ぼくらは浜辺《はまべ》に移動《いどう》した。やすさんは花火《はなび》を打《う》ち上《あ》げる筒《つつ》と玉《たま》を持《も》ってきてセッティングを開始《かいし》した。

「ちょっとあの花火《はなび》、高《たか》いんじゃやないの？」

三浦先生《みうらせんせい》は聞《き》こえないようにこっそり話《はな》したつもりだったのだろうが、持《も》ち前《まえ》の通《とお》りのいい声《こえ》はぼくの耳《みみ》にまでしっかり届《とど》いた。片《かた》や無防備《むぼうび》にただもう大《おお》きいのがまことさんの声《こえ》だった。

「だいじょうぶ、結婚祝《けっこんいわ》いってことにしたから！」

「なにそれ？　ちょっとまだ親《おや》にも話《はな》してないいんだから勘弁《かんべん》してよ」

準備《じゅんび》をしながらやすさんが語《かた》る。

「もし花火《はなび》が平《ひら》べったいんだとしたら、横《よこ》から見《み》ても下《した》から見《み》ても平《ひら》べったく見《み》えるよな？　そいつはわかるよな？　もし花火《はなび》が丸《まる》いんだとしたらどこから見《み》てもおんなじ丸《まる》に見《み》えるよな？　そいつはわかるよな？」

そう言《い》われても、わかったようなわからないような。ただやすさんの怒《おこ》ったようなしゃがれ声《ごえ》が怖《こわ》くて、ひとまずわかったつもりでうなずいた。

「下《した》から見《み》た花火《はなび》はすげえぜ！　ま、一番《いちばん》の特等席《とくとうせき》だな。まあ平《ひら》べったいか丸《まる》いか、上《あ》げてみてからのお楽《たの》しみだ。あまり玉《だま》で悪《わる》いけど、勘弁《かんべん》してくれ」

三浦先生《みうらせんせい》がぼくに耳打《みみう》ちした。

「島田《しまだ》くんのために、わざわざあげてくださるのよ」

すると、突然《とつぜん》やすさんがすっとんきょうな声《こえ》で叫《さけ》んだ。

「まことと三浦先生《みうらせんせい》の結婚《けっこん》を祝《しゅく》して！」

不意《ふい》を突《つ》かれて三浦先生《みうらせんせい》はあ然《ぜん》とした。

ボン！　と大《おお》きな音《おと》がして、花火《はなび》が空《そら》に向《む》かって飛《と》んだ。ぼくも、三浦先生《みうらせんせい》も、まことさんも、やすさんも、その軌道《きどう》を追《お》いかけた。

花火《はなび》は円《えん》を描《えが》いて広《ひろ》がり、空一面《そらいちめん》をおおった。あまりの美《うつく》しさに涙《なみだ》が出《で》そうになった。なずながくれた大《おお》きな真珠《しんじゅ》に似《に》た玉《たま》をにぎりしめた。なずなと一緒《いっしょ》に見《み》たかった。なずなに見《み》せてやりたかった。それが叶《かな》わなかったことが、いつまでも悔《く》やまれた。

花火《はなび》は静《しず》かに闇《やみ》に消《き》えていき、夜空《よぞら》には満天《まんてん》の星《ほし》がきらめいていた。

【ナズナ（薺《なずな》）】

アブラナ科《か》ナズナ属《ぞく》の越年草《えつねんそう》。

名前《なまえ》の由来《ゆらい》は、なでたいほどかわいい花《はな》の意味《いみ》の撫菜《なでな》、夏無《なつな》、夏《なつ》になるといなくなる花《はな》、など諸説《しょせつ》ある。

あとがき

大人《おとな》になって、僕《ぼく》は作家《さっか》の仕事《しごと》を選《えら》びました。この仕事《しごと》は生《い》きて行《い》くにはとても都合《つごう》のいい面《めん》があります。普段《ふだん》そんなにたくさんの人《ひと》に会《あ》わなくてすむのです。とはいえ人嫌《ひとぎら》いなわけではありません。ただこうやって少年時代《しょうねんじだい》の物語《ものがたり》を書《か》いていると、どうしても自分《じぶん》の子《こ》ども時代《じだい》が思《おも》い出《だ》され、学校《がっこう》という場所《ばしょ》で、それはまるで水族館《すいぞくかん》の水槽《すいそう》の中《なか》をたがいにぶつからないように泳《およ》ぎ回《まわ》る魚《さかな》たちのように、めまぐるしく、時《とき》にけたたましく行《い》き来《き》する児童《じどう》たちをかいくぐりながら生《い》きていた、あの場所《ばしょ》を思《おも》い出《だ》す度《たび》、よく誰《だれ》にもぶつからずに生《い》き残《のこ》って来《こ》られたなと思《おも》うのです。

いや一度《いちど》だけ、ある男《おとこ》の子《こ》と正面衝突《しょうめんしょうとつ》して、その子《こ》の鼻《はな》から血《ち》が噴《ふ》き出《だ》したこともありました。出血《しゅっけつ》させたということで、僕《ぼく》の方《ほう》が悪《わる》いことになってしまって、ずっと嫌味《いやみ》を言《い》われました。僕《ぼく》も鼻血《はなぢ》を出《だ》していたらと悔《く》やんだものです。見《み》えない形《かたち》の衝突《しょうとつ》なんか数《かぞ》え切《き》れないほどありました。喧嘩《けんか》とかイジメとか。そんなのは日常茶飯事《にちじょうさはんじ》です。中学校《ちゅうがっこう》に入《はい》ると、好《す》きとか嫌《きら》いとかいう理由《りゆう》でもない限《かぎ》り喧嘩《けんか》もイジメも起《お》きにくい環境《かんきょう》になって行《い》きましたが、小学校《しょうがっこう》の喧嘩《けんか》やイジメはそもそも理由《りゆう》がないのです。きっとあまりにも子《こ》どもをひとところに集《あつ》めすぎているんです。そこに子《こ》どもの激《はげ》しい運動能力《うんどうのうりょく》が加《くわ》わったら、それはいろんな衝突《しょうとつ》や爆発《ばくはつ》が起《お》きて当然《とうぜん》でしょう。

いまは少子化《しょうしか》で子《こ》どもの数《かず》も減《へ》ってきましたから、僕《ぼく》らの時代《じだい》に比《くら》べたら少《すこ》しは余裕《よゆう》があるかも知《し》れません。僕《ぼく》らの頃《ころ》は田舎《いなか》でもマンモス校《こう》なんて呼《よ》ばれて、ひと学年《がくねん》で十を超《こ》えるクラスがあり、ひとクラスの児童数《じどうすう》も五十人近《にんちか》くいました。一年生《ねんせい》の給食《きゅうしょく》にはミルクと呼《よ》ばれる飲《の》み物《もの》が登場《とうじょう》しました。みかけはホットミルクのようで飲《の》むとひどくまずい飲《の》み物《もの》です。後《あと》で脱脂粉乳《だっしふんにゅう》というものだとわかりました。脱脂粉乳《だっしふんにゅう》というぐらいですから牛《ぎゅう》乳《にゅう》からクリームなどの脂《あぶら》を取《と》りだした残《のこ》りかすだったのかも知《し》れません。もともとは牛《うし》に食《た》べさせるものだったという話《はなし》もある飲《の》み物《もの》です。こんなまずいものを牛《うし》に食《た》べさせるのも気《き》の毒《どく》な話《はなし》です。そもそも牛《うし》が身体《からだ》から出《だ》したものをまた食《た》べさせるというのも気《き》の毒《どく》です。こんな謎《なぞ》めいた飲《の》み物《もの》が給食《きゅうしょく》に出《で》るような時代《じだい》でした。

二年《ねん》になって、普通《ふつう》の牛乳《ぎゅうにゅう》が出《で》るようになりましたが、僕《ぼく》の中《なか》ですっかり悪《わる》いイメージがついてしまって牛乳《ぎゅうにゅう》までもが飲《の》めなくなっていました。あの頃《ころ》、給食《きゅうしょく》は残《のこ》してはいけないという暗《くら》い時代《じだい》でした。そんな中《なか》で、主役《しゅやく》のパンとか牛乳《ぎゅうにゅう》を残《のこ》すなんて許《ゆる》されるはずもありません。仕方《しかた》なく僕《ぼく》は「いただきます！」とみんなが食《た》べる合図《あいず》の声《こえ》を聞《き》くやいなや、まずは牛乳《ぎゅうにゅう》を全部《ぜんぶ》飲《の》み干《ほ》してしまうことにしたのです。

「うげえ！　まずい！」

そこで次《つぎ》にパンとかおかずを食《た》べるのです。ああ今《いま》、その味覚《みかく》がよみがえってきました。パンにしても今《いま》はもう存在《そんざい》しないくらいまずいのです。なんかにがいのです。おかずもなんか変《へん》な味《あじ》なのです。なんでしょう。我《わ》が家《や》の味《あじ》と違《ちが》う味付《あじつ》けだったからかも知《し》れません。そういう微妙《びみょう》な差《さ》を大目《おおめ》に見《み》られないのが子《こ》どもの舌《した》の凄《すご》いところです。ともかく、そうやってまずい給食《きゅうしょく》を我慢《がまん》して食《た》べきるわけですが、ここでひとつ問題《もんだい》があります。当時《とうじ》の僕《ぼく》は、なんでもすぐに飲《の》みこんでしまうクセがあったので、食《た》べ物《もの》がすぐに喉《のど》につかえてしまうのです。水《みず》でもお茶《ちゃ》でも味噌汁《みそしる》でもいいんですが、そういうのを飲《の》み続《つづ》けて喉《のど》のつかえを取《と》らないと、苦《くる》しくて仕方《しかた》がありません。どうしても我慢《がまん》できない時《とき》は、「先生《せんせい》！　トイレ行《い》っていいですか？」と言《い》って教室《きょうしつ》を飛《と》びだし、水道《すいどう》の水《みず》を飲《の》みました。ある時《とき》なんか、間《ま》に合《あ》わず、喉《のど》の奥《おく》からだんごのようになったパンの塊《かたまり》が飛《と》びだしてきたこともありました。

大人《おとな》はよく噛《か》めというんですが、よく噛《か》むと顎《あご》が痛《いた》くなって頭痛《ずつう》がしてくるのです。実《じつ》はあれから四十年以上《ねんいじょう》この苦《くる》しい食事《しょくじ》が続《つづ》いていたのですが、最近《さいきん》、やっとこの問題《もんだい》を克服《こくふく》しました。飲《の》みこまなければよかったのです。そして、よく噛《か》んではダメなのです。食《た》べ物《もの》を口《くち》に入《い》れたら、飴《あめ》をなめるようにゆっくりじっくり味《あじ》わってください。噛《か》んじゃダメです。噛《か》んじゃダメと言《い》ってもどうしても噛《か》んじゃいます。そうこうするうちにいつの間《ま》にか口《くち》の中《なか》からいなくなってます。食《た》べ物《もの》が百倍《ばい》おいしく感《かん》じます。まずい食《た》べ物《もの》は百倍《ばい》まずいです。きっとこうやって口《くち》に入《い》れた物《もの》を味《あじ》わって、食《た》べていいものかダメなものか確《たし》かめながら味《あじ》わうのが正《ただ》しい食《た》べ方《かた》に思《おも》えます。こういうことを誰《だれ》かに習《なら》うのではなくて、自分《じぶん》で発見《はっけん》するのが人生《じんせい》の楽《たの》しみのひとつです。箸《はし》の持《も》ち方《かた》など大人《おとな》になっても研究《けんきゅう》し改善《かいぜん》する余地《よち》はまだまだ残《のこ》っているということです。

それはともかく。

三年生《ねんせい》になるとクラス替《が》えというのが始《はじ》まりました。それまではなかった新《あたら》しいシステムです。これには戸惑《とまど》いました。新学期《しんがっき》になって、三月《がつ》までクラスメイトだった仲間《なかま》とさよならして、別《べつ》な新《あたら》しい友達《ともだち》とクラスメイトになるのです。とはいっても、廊下《ろうか》やトイレで前《まえ》のクラスの子《こ》たちにも会《あ》うのです。最初《さいしょ》は声《こえ》をかけたり、区別《くべつ》なくつきあったりしていましたが、やがて会話《かいわ》をしなくなります。知《し》らぬ間《ま》に目《め》も合《あ》わせなくなります。お互《たが》い知《し》っているのに他人《たにん》のふりをしてすれ違《ちが》う奇妙《きみょう》な生活《せいかつ》の始《はじ》まりです。仕方《しかた》ありません。いちいち挨拶《あいさつ》していたらキリがないのです。子《こ》どもの知恵《ちえ》です。四年《ねん》でまたクラス替《が》え、五年《ねん》でまたクラス替《が》え、休《やす》み時間《じかん》になると、合計《ごうけい》三クラスぶんの旧友《きゅうゆう》が廊下《ろうか》にあふれかえり、トイレに行《い》くにも、グラウンドに行《い》っても、見知《みし》った顔《かお》とすれ違《ちが》わずにはいられません。かつて一緒《いっしょ》に遊《あそ》んだ仲間《なかま》たちからひたすらお互《たが》い目《め》を背《そむ》け、僕《ぼく》らはなんとか自分《じぶん》たちの教《きょう》室《しつ》に戻《もど》るのです。

気《き》まずい。実《じつ》に気《き》まずい。こんなことは僕《ぼく》だけだったかも知《し》れません。少《すく》なくとも僕《ぼく》はこんなでした。あの頃《ころ》は本当《ほんとう》にこんなことに苦《くる》しんでいました。

六年《ねん》になると新設校《しんせつこう》ができました。大野田小学校《おおのだしょうがっこう》という学校《がっこう》でした。ウチから歩《ある》いて一分足《ぷんた》らずの場所《ばしょ》だったので、それまで通学《つうがく》に往復《おうふく》二十分《ぷん》かけていた僕《ぼく》にとってはあまりにも幸運《こううん》な学校《がっこう》の誕生《たんじょう》でした。各学年《かくがくねん》、たった二クラス。ひとクラス三十人程度《にんていど》です。以前《いぜん》と比《くら》べてあまりに子《こ》どもの数《かず》が少《すく》なくて、なんか学校《がっこう》というより塾《じゅく》のようでした。この始《はじ》まったばかりの学校《がっこう》には、クラス替《が》えによって誕生《たんじょう》する、あの目《め》を背《そむ》ける友人《ゆうじん》たちが存在《そんざい》しませんでした。人数《にんずう》が少《すく》ないせいで、隣《となり》のクラスとも仲《なか》が良《よ》く、かつての巨大《きょだい》な小学校《しょうがっこう》にはなかった不思議《ふしぎ》な解放感《かいほうかん》がありました。ただ人数《にんずう》が少《すく》ないということはかわいい女子《じょし》の数《かず》も少《すく》ないということです。そこだけはちょっと残念《ざんねん》だった記憶《きおく》があります。

放課後《ほうかご》になると、男子同士《だんしどうし》で集《あつ》まって、おまえは誰《だれ》が好《す》きなんだとかお互《たが》いに問《と》いつめ合《あ》うことがよくありました。前《まえ》の学校《がっこう》には選《えら》び甲斐《がい》のあるマドンナのような子《こ》がクラスに一人《ひとり》か二人《ふたり》はいたものですが、この学校《がっこう》にはどこを探《さが》してもそういう子《こ》はいませんでした。そんな中《なか》にも人気《にんき》のある子《こ》は出《で》て来《く》るものです。動物《どうぶつ》に喩《たと》えたら、ちょっとサルに似《に》てました。みんなの間《あいだ》で一番人気《いちばんにんき》だったので、一応僕《いちおうぼく》もこのちょっとサルに似《に》た子《こ》が好《す》きだということにしておきました。

夏休《なつやす》みが終《お》わった頃《ころ》には、女子《じょし》はみんな背《せ》も伸《の》びて、あちこちふっくらしてきて大人《おとな》っぽく女性《じょせい》っぽくなって来《く》るのでした。これには戸惑《とまど》いました。初恋《はつこい》の時期《じき》です。僕《ぼく》の初恋《はつこい》子《じょ》は誰《だれ》かひとりというより、いわばクラスの女子全員《じょしぜんいん》と言《い》ってもいいでしょう。あらゆる女子《し》を相手《あいて》に、目《め》を合《あ》わせることもできなくなりました。声《こえ》をかけられると緊張《きんちょう》して言葉《ことば》が出《で》てこなくて、話《はな》せません。男子《だんし》の間《あいだ》で一番最下位《いちばんさいかい》のレッテルを貼《は》られていたかわいそうな子《こ》がいましたが、その子《こ》ですら、みるみる女《おんな》の子《こ》らしくなってきて、目《め》のやり場《ば》に困《こま》りました。ある日《ひ》、幼《おさな》い弟妹《きょうだい》を連《つ》れて帰《かえ》るお姉《ねえ》さんらしい姿《すがた》を見《み》て、不意《ふい》にときめいてしまいました。最下位《さいかい》の女子《じょし》に対《たい》する恋心《こいごころ》。これはさすがに誰《だれ》にも言《い》えず、当時《とうじ》はこんな些細《ささい》なことでも天地《てんち》がひっくり返《かえ》るほど苦《くる》しみました。少《すこ》しゆったりした塾《じゅく》のような小《ちい》さな小《しょう》学校《がっこう》は今《いま》も思《おも》い返《かえ》すと不思議《ふしぎ》なときめきと昂奮《こうふん》に満《み》ちた場所《ばしょ》でした。

やがて、卒業《そつぎょう》の季節《きせつ》がやってくると、不意《ふい》になぜか妙《みょう》にさみしい気持《きも》ちになりました。何《なに》に対《たい》してさみしいのか、何《なに》がそんなにさみしいのかよくわからないけど、何《なん》となく、そこはかとなく、さみしいのです。そんな気持《きも》ちになったのも生《う》まれて初《はじ》めてでした。

僕《ぼく》らはこの小学校《しょうがっこう》の第《だい》一回卒業生《かいそつぎょうせい》として卒業《そつぎょう》しました。担任《たんにん》の小浜先生《こはませんせい》は僕《ぼく》らの担任《たんにん》を最後《さいご》に結婚《けっこん》してしまい、教職《きょうしょく》を離《はな》れました。

中学《ちゅうがく》は西多賀中学校《にしたがちゅうがっこう》というマンモス校《こう》でした。かつての同級生《どうきゅうせい》とここで再《ふたた》び合流《ごうりゅう》しました。友達《ともだち》はクラスメイトの他《ほか》に部活《ぶかつ》の仲間《なかま》が増《ふ》えました。そして、やはり休《やす》み時間《じかん》になるとかつての同級生《どうきゅうせい》とすれ違《ちが》いながら、目《め》を背《そむ》けて他人《たにん》のふりをする生活《せいかつ》が始《はじ》まりました。学校《がっこう》には自転車《じてんしゃ》で通《かよ》いましたが、毎朝《まいあさ》、僕《ぼく》の前《まえ》にも後《あと》にも同《おな》じ学校《がっこう》の制服《せいふく》の生徒《せいと》が自転車《じてんしゃ》を漕《こ》いでいて、男子《だんし》もいれば女子《じょし》もいます。その中《なか》にはかつての大野田小《おおのだしょう》のクラスメイトもいました。でももう僕《ぼく》らはすっかり他人《たにん》です。お互《たが》いに目《め》も合《あ》わせず、言葉《ことば》も交《か》わさない、子《こ》ども同士《どうし》が作《つく》り上《あ》げた暗黙《あんもく》のルールをしっかり守《まも》りながら、キツい坂《さか》を登《のぼ》り、中学《ちゅうがっ》校《こう》の校門《こうもん》を目指《めざ》したものです。

あの時《とき》の、なんともやるせない気《き》まずさと後味《あとあじ》の悪《わる》さが今《いま》も心《こころ》のどこかに刺《さ》さっています。

学校生活《がっこうせいかつ》。

正直《しょうじき》、嫌《いや》なこともいっぱいありました。けど、振《ふ》り返《かえ》ればどの想《おも》い出《で》も色鮮《いろあざ》やかです。でもいつから色鮮《いろあざ》やかになったんだろう。それは僕《ぼく》が大人《おとな》になってからではありません。

実《じつ》は中学《ちゅうがく》になって間《ま》もないうちから、その想《おも》い出《で》は色鮮《いろあざ》やかでした。三月《がつ》の卒業《そつぎょう》の時《とき》に抱《いだ》いた妙《みょう》にさみしい気持《きも》ち、あの気持《きも》ちを思《おも》い出《だ》すと、当時《とうじ》の記憶《きおく》が色鮮《いろあざ》やかによみがえり、僕《ぼく》は飽《あ》くことなくその世界《せかい》に浸《ひた》っているような少年《しょうねん》でした。そして来《きた》るべき次《つぎ》の卒業《そつぎょう》式《しき》をむしろ待《ま》ち遠《どお》しく思《おも》う奇妙《きみょう》な少年《しょうねん》でした。やがて三年間《ねんかん》の中学生活《ちゅうがくせいかつ》も終《お》わり、やっと迎《むか》えた卒業式《そつぎょうしき》は僕《ぼく》をまったく裏切《うらぎ》りませんでした。この頃《ころ》になると僕《ぼく》に限《かぎ》らず、卒業式《そつぎょうしき》でみんな泣《な》いてますから、大変《たいへん》な感情《かんじょう》が卒業生全員《そつぎょうせいぜんいん》からほとばしっていました。きっとみんなも僕《ぼく》と同《おな》じように、言葉《ことば》にならない感情《かんじょう》に戸惑《とまど》っていたんだろうと思《おも》います。こういう感情《かんじょう》や懐《なつ》かしさを一体《いったい》どうやったらうまく説明《せつめい》できるんだろう。未《いま》だに難《むずか》しい課題《かだい》です。こんな難《むずか》しい課題《かだい》に中学時代《ちゅうがくじだい》から向《む》き合《あ》い、取《と》り組《く》んでるうちに、僕《ぼく》はこんな仕事《しごと》をするようになっていました。小説《しょうせつ》を書《か》いたり、映画《えいが》を作《つく》ったり、音楽《おんがく》を作《つく》ったりすることで、あの時代《じだい》を再現《さいげん》したいのです。どこかの作家《さっか》の言葉《ことば》を借《か》りれば〝永遠《えいえん》の黄金時代《おうごんじだい》〟を再現《さいげん》したいのです。本当《ほんとう》はずっと学校《がっこう》で暮《く》らしたいぐらいです。さすがにそれは叶《かな》いません。この本《ほん》を読《よ》んでくれた読者《どくしゃ》の皆《みな》さんの多《おお》くは、きっと今《いま》まさにその世界《せかい》にいるのでしょう。羨《うらや》ましいです。そんなこと言《い》われても困《こま》るでしょうが、本気《ほんき》で羨《うらや》ましいのです。でも、いずれは皆《みな》さんもその場所《ばしょ》に別《わか》れを告《つ》げるのです。そして、それぞれの人生《じんせい》を歩《あゆ》むでしょう。そして、このかけがえのない時代《じだい》を思《おも》い出《だ》して、懐《なつ》かしいなあと想《おも》うんです。卒業《そつぎょう》してまだひと月《つき》もたたないうちから。

……きっと。

二〇一七年《ねん》六月《がつ》

岩井《いわい》俊二《しゅんじ》

この作品《さくひん》は、二〇一七年《ねん》六月《がつ》、角川文庫《かどかわぶんこ》から刊行《かんこう》された『少年《しょうねん》たちは花火《はなび》を横《よこ》から見《み》たかった』をもとに、角川《かどかわ》つばさ文庫《ぶんこ》向《む》けに一部《いちぶ》を変更《へんこう》し、漢字《かんじ》にふりがなをふり、読《よ》みやすくしたものです。

角川つばさ文庫

岩井俊二／著
映像作家。1963年1月24日仙台市生まれ。横浜国立大学卒業。主な作品に映画『Love Letter』『スワロウテイル』『四月物語』『リリイ・シュシュのすべて』『花とアリス』『ヴァンパイア』『花とアリス殺人事件』『リップヴァンウィンクルの花嫁』、ドキュメンタリー『市川崑物語』『少年たちは花火を横から見たかった』など。『花は咲く』の作詞も手がける。

永地／挿絵
漫画家。角川つばさ文庫では、『打ち上げ花火、下から見るか？横から見るか？』「サトミちゃんち」シリーズ、「ねこまた妖怪伝」シリーズ、『南総里見八犬伝』『ねこの駅長たま　びんぼう電車をすくったねこ』がある。

角川《かどかわ》つばさ文庫《ぶんこ》　Cい2-1

少年《しょうねん》たちは花火《はなび》を横《よこ》から見《み》たかった

著《ちょ》　岩井俊二《いわいしゅんじ》

カバー絵《え》　渡辺明夫《わたなべあきお》

挿絵《さしえ》　永地《えいち》

2017年８月15日　初版発行
2018年５月25日　９版発行

発行者　郡司 聡
発　行　株式会社KADOKAWA
〒102-8177　東京都千代田区富士見 2-13-3
電話　0570-002-301（ナビダイヤル）
印　刷　暁印刷
製　本　BBC
装　丁　ムシカゴグラフィクス

ISBN978-4-04-631730-8　C8293　N.D.C.913　175p　18cm

読者のみなさまからのお便りをお待ちしています。下のあて先まで送ってね。
いただいたお便りは、編集部から著者へおわたしいたします。

〒102-8078　東京都千代田区富士見 1-8-19　角川つばさ文庫編集部